公元787年，唐封疆大吏马总集诸子精华，编著成《意林》一书6卷，流传至今
意林：始于公元787年，距今1200余年

意林®轻文库

青春最美，梦想出发
中国式好看轻小说优鲜品牌

绘梦古风系列 066
意林轻文库

海棠篇：
一品书女 ②
十二花信·霓裳风华录

雷一茗 著
HAITANG PIAN
YIPIN SHUNÜ

吉林摄影出版社
·长春·

图书在版编目（CIP）数据

十二花信·霓裳风华录.海棠篇：一品书女.②/雷一茗著.－－长春：吉林摄影出版社，2019.2
（意林·轻文库.绘梦古风系列）
ISBN 978-7-5498-3962-9

Ⅰ.①十… Ⅱ.①雷… Ⅲ.①长篇小说－中国－当代 Ⅳ.①I247.5

中国版本图书馆CIP数据核字(2019)第016287号

十二花信·霓裳风华录 海棠篇：一品书女②
SHI'ER HUAXIN·NICHANG FENGHUA LU　HAITANG PIAN: YIPIN SHUNÜ ②

著　　者	雷一茗
出 版 人	孙洪军
总 策 划	安　雅　张　星
责任编辑	王维夏
图书统筹	空心菜
特约编辑	魏　娜
绘　　图	长　乐
书籍装帧	袁　萌
图书设计	李　成
开　　本	700mm×1000mm　1/16
字　　数	300千字
印　　张	11
版　　次	2019年2月第1版
印　　次	2019年2月第1次印刷

出　　版	吉林摄影出版社
发　　行	吉林摄影出版社
地　　址	长春市泰来街1825号
	邮编：130062
电　　话	总编办：0431-86012616
	发行科：0431-86012602
网　　址	www.jlsycbs.net
经　　销	全国各地新华书店
印　　刷	晟德（天津）印刷有限公司

书　　号	ISBN 978-7-5498-3962-9	定价：28.80元

版权所有　　侵权必究

如发现印装质量问题，请与印务部联系退换，电话：010-51908584

目录

- 001 ✦ 楔子
- 003 ✦ 第十一章 从前有座秦麓峰
- 019 ✦ 第十二章 秦麓峰上熟人多
- 037 ✦ 第十三章 世子大人的计划
- 051 ✦ 第十四章 男人心亦海底针
- 067 ✦ 第十五章 松阳镇众人遇伏
- 085 ✦ 第十六章 六艺赛射御双魁
- 107 ✦ 第十七章 一枕黄粱余相思
- 121 ✦ 第十八章 曲水流觞不太平
- 135 ✦ 第十九章 曝身份风云暗起
- 155 ✦ 第二十章 查真相百密一疏
- 167 ✦ 篇外篇 杨大少自传

楔子

花之主：宋书勤

花之信：海棠花

花之语：温和、坚忍

花之质：高贵优雅，与日争辉

花之引：进入泰麓书院后，原本以为可以松一口气的书勤，却被告知要进行六艺的入门考校，由于她根本不擅长御射两课，不得不应对被书院拒之门外的风险。对书勤抱有偏见的闵江，也在暗中使绊，千方百计赶她下山。

在危机面前，书勤凭着自己坚忍如海棠花般的性格淡定以对，逐一渡过难关。谁料变数突生，随着学监大人的到来，书勤随时有暴露身份的危险，为了避免同学监大人碰面，她唯有掩藏真实实力，在六艺大赛上频频失手，却事与愿违，陷入进退两难的境地……

书院发生命案，不可预料的凶险接踵而至，书勤没有半点儿退缩，仍旧如海棠般坚韧迎接一个又一个考验。随着跟闵江的频繁接触，两人渐生好感，孰料她无意中撞破他的秘密，使得两人间徒生误会结下心结，更使得她刻意疏远于他，没想到幕后黑手尾随而至，竟对她暗施偷袭……

第十一章 从前有座秦麓峰

有了闵江这尊"大神"坐镇，车队终于准时到达了秦麓书院所在的秦麓峰的山脚下，但由于山路难走，马车根本上不去，书勤他们只得下了马车，准备骑马上山。由于闵浚还小，闵江不放心他一个人骑马，便打算亲自带他上山。

只是一听说要骑马上山，书勤就皱紧了眉，又听闻不骑马单靠两条腿爬山至少需要一个时辰后，犹豫了好一会儿，她才对闵江说道："江兄，我不会骑马。"

"你说你不会骑马？"闵江的眼神闪了闪，"你真不会骑马？"

据他得到的消息，这位端和公主的马上功夫可不弱，好像还在一次围猎的时候受到过皇帝的嘉奖，而现在，她居然告诉他不会骑马？

闵江的脸上闪过一丝意味深长的笑，他也没揭破，而是点点头："那就由我来带你上山吧，让少陵兄带小公子上山。"

"你带我上山？"书勤的脸上有些发烧，不过还是点点头，"那就有劳江兄了。"

这个插曲除了让书勤有些别扭、莲心有些吃惊、蓝少陵侧目外，其余人等都没有任何异议，就连闵浚也没觉出有丝毫不妥。

而将他们送到这里后，李准的任务算是妥善完成了，除了需暗中派人跟着他们上山，目送他们进入山门好回去复命外，他们再无其他任务，可以起身回南临城了。

不过临分别的时候，李准把闵江请到一旁，低声请示道："世子，我等回去该如何向王爷复命？"

斜了李准一眼，闵江撇撇嘴："你这样问我，觉得我该怎么答复你？我若说让你瞒着我父王，你能听命？"

李准的脸上露出一丝尴尬："当然不能。"

"这就是了。"闵江低低地嗤了一声，"你看到什么就同我父王复命就是。"

听闵江这么说，李准松了一口气，正要应下，却听闵江又道："不过，我父王是我父王，别人是别人，不该说的话，不该回的人，你心里也要有个分寸。"

听他这么说，李准恍然大悟，立即应道："属下遵命。"

而在另一边，闵浚在仔细挑拣一番后，发现哪个都不舍得放下，转头看向书勤："喂，你跟他们说说，让他们帮我把车赶上山不行吗？这可都是我母妃给我带的东西，哪个都用得着。"

看到这孩子连求人都是一副颐指气使的样子，书勤讥笑道："我可没那么大的本事，而且，山高路险，马车根本上不去，你总不能让人一件件帮你背上去吧。"

"怎么不行？"

闵浚说着，立即跑到了李准身边，先是看了眼同他说话的闵江，然后咽了口唾沫道："李准，我的东西怎么办，你得想办法帮我弄上去。"

听到这位小公子又给他出难题，李准只觉得一个头变成两个大，但是转眼瞥到闵江，他笑了笑："这种事，我觉得你还是问江公子吧，他对这山路比较熟，他说能上，我就帮你把车赶上去。"

"江……大哥……"闵浚转头看向闵江，一脸的期待。

看到小弟可怜巴巴的眼神，闵江也很想让他得偿所愿，可一是这山路实在是赶不了车，再就是李准他们若是真的大张旗鼓地帮他把东西背上山，那就太招摇了，反而会暴露闵浚的身份，徒增危险，所以他只好说道："山路真的很险，不如你先上山看看，若是真缺什么东西，再写信给王妃，让她派人送来可好？"

听到大哥也不帮他，闵浚彻底泄了气，而这个时候，却见蓝少陵凑了过来，看着他们兄弟两个笑嘻嘻道："浚儿怕暴露身份，可我不怕呀，你们放心，我这边多带了几匹马，虽然不能帮你全运上去，可让它们帮你把一些必要的东西送上去还是没问题的，你不如现在再去挑挑看，都需要带些什么东西上山。"

虽然蓝少陵也无法帮他把所有东西带上山，可能多带一点儿是一点儿，闵浚的脸上总算露出笑容，急匆匆地挑东西去了。李准见状，也急忙告辞，带着部分手下到山脚下的松阳镇找地方住宿，等消息去了。

闵浚这边挑挑拣拣地磨蹭，闵江则走向了书勤："他们还要耽搁一会儿，咱们先上山吧。"

书勤点点头，既然已经做出了决定，也就没什么不好意思的了，于是她跟着闵江走到他的马前，闵江先是把她扶上马，随即自己也飞身上马，他一抖缰绳，马儿立即小跑着，沿着山路往山上行去。

书勤是第一次骑马，更是头一次同男子如此接近，心中难免忐忑不安，所以上路后，有好一阵子紧张得说不出话来，只是，渐渐地，她反而觉得太过安静似乎让气氛更加尴尬，总要找些什么话来说，于是犹豫了好一会儿后，才问道："你……真的同岭南王府没有过节？"

"你是找不到别的话来说了吗？"在她身后坐着的闵江哼了一声。

虽然刚才她上马的时候看起来有些别扭，但她让他带她上山，难道只是为了问这个,她还在怀疑他同岭南王府有过节,还是想通过强调这一点,证明她真的不认识他,也从未在王府里见过他?

被他这么嘲讽,书勤的思路反而清晰起来,略作沉吟道:"江公子也是来秦麓书院求学的吗?"

"我不求学来这里做什么?"闵江差点儿哼出了声,但还是忍住了,"只许你们来求学,不许我来?秦麓书院可不是只为你们岭南王府开的吧。"

"我……我不是那个意思。"书勤连忙道,"我的意思是,能在书院遇到熟人真好,以后大家求学就有伴儿了。"

"嗯。"

应了一声,闵江没有再说什么,开始考虑这位端和公主这么做的动机。而书勤也觉得两人的谈话别别扭扭的,索性也不再说话。

半个时辰之后,他们终于抵达秦麓书院的山门前。闵江下了马,随即把书勤也扶了下来,向身后看了一眼:"他们怎么还没上来,你在这里先等等,我去迎迎他们。"

他实在是担心蓝少陵搞不定闵泾,此时天色已经暗了下来,若是等天色完全黑了再上山,即便是骑马恐怕也很危险。

可他正要离开,却见一个人影从书院后面的林子里绕了出来,看到此人,书勤同闵江俱是一愣,来人竟是一个妙龄女子。

女子穿着翠色的衣衫,同身后的树林相得益彰,很容易就吸引了书勤他们的目光。而看到他们在书院大门口等着,女子立即大大方方地走了过来,上下打量他们一番后,笑道:"你们是来书院求学的学子?"

书勤连忙收敛了脸上的愕然,应道:"正是。"

而闵江只是挑了挑眉,并没有回答。

"既然到了,怎么还不进去,在这里等着做什么?"女子疑惑地询问。

书勤连忙回道:"我还有同伴在后面,等他们到了,我们再一起进门。"

"这样呀。"女子点点头,又看了看他们,尤其是瞥了闵江一眼,这才和善道,"那两位就自便吧。"

说着,这名女子拾级而上,敲了敲山门。很快,山门便从里面打开了,一个穿着青衣青裤的小童从门里出来,看到女子笑道:"师姐回来了。"

"嗯。"女子点点头,又回头看了他们一眼,这才进了山门,而后山门再次重

重地关上了。

书勤想不到秦麓书院也收女弟子，不然的话，她也不必女扮男装这么麻烦了，所以，看着大门口的方向不由得出了会儿神，看到她发呆的样子，闵江撇嘴道："不用看了，秦麓书院从没有女弟子，这个女子同赵士谦的女儿年龄相仿，想必应该就是她。"

"赵先生有女儿？"书勤怔愣住，然后喃喃自语道，"我怎么从没听说过。"

"他有妻子，自然有女儿，这有什么好稀奇的。"见她大惊小怪的样子，闵江又撇了撇嘴。不过，他正要按照原计划去迎蓝少陵他们，哪想到随着一阵马蹄声响起，一个穿着花里胡哨的少年带着几名随从从山路上疾驰而来，来到山门前，为首那个圆脸的少年先是瞥了书勤他们一眼，然后径自走到山门前，让随从敲响了山门，他随即大声喊道："岳父大人，小婿杨廉求见。"

不但有女儿，还有女婿？

书勤一下子被这个人吸引了，而闵江也暂时打消了回去接闵浚的念头，饶有兴趣地看着这个自称赵士谦女婿的男子。

这个男子话音落下没多久，却见山门再次打开，而这次出来的却是一个年纪略微大些的书生，只是，这书生只开了半扇门，便站在山门口指着这个杨廉呵斥道："姓杨的，你不要信口雌黄，我家师妹何时同你有过婚约，你在这里胡说八道、毁人清白，小心我们去山下告你！"

"哟，又是你呀。你不就是在我岳父这里多读了几年书吗，便以大师兄自居，这是我同我岳父的家事，跟你有何关系，你着什么急？我看你还是赶快把该学的学完下山吧。真不知道这么多年来，比你小的、来得晚的都下山了，你怎么还有脸留在这儿，人笨也就算了，可总要为他人着想些，莫要坏了我岳父的名声，让人以为他教学无方！"

"你……你……"

男子被他气得说不出话来，只得"砰"地关上了门，而看到山门关上了，杨廉更不依不饶起来，用更大的声音喊道："被我说中就跑了？你就这点儿本事？我看你以后别说是秦麓书院的学生，更不要说是鹿儿的师兄，我岳父不替你害臊，我们杨家还替你害臊呢……"

杨廉越说越来劲，而且说的话全是在反反复复鄙夷那个书生，从他的话语中，书勤大概听出，这个书生应该是赵士谦的大弟子周大同，而杨廉口中所谓的婚约，也只是赵士谦的母亲同杨家祖母的一个口头约定。不过单凭这样一个口头约定就自认为女婿，还不止一次地上山，勇气和脸皮的厚度也足以让人叹为观止了。

"此人应该就是山下松阳镇里杨大户的嫡孙，杨家祖上出了不少的朝廷大员，只是在杨廉这一代没落了，直到现在连个秀才都没考上，不过没想到，这个杨廉口才倒是了得。"

"你怎么知道的？"听闵江说得这么详细，书勤吃惊地问道。

闵江当然知道，只要是在岭南地界上的大户，尤其是同朝廷有些关联的，他都熟稔于心，只不过，以前听到关于杨家的事情时，总觉得这个杨廉就是个没有什么用处的纨绔，如今真见到了，却见纨绔虽然还是纨绔，可人倒有些意思。

不过，如今他的身份只是蓝少陵的朋友，若是知道太多，反而会引起这位公主殿下的怀疑，便随口道："都是少陵兄告诉我的，他对这种边边角角的奇闻逸事最是上心，常当作笑料讲给我听。"

说起蓝少陵的八卦功力，书勤倒很是信服，因为就连蓝月儿也说她这位大哥探听小道消息的本事一流，可她正打算再问详细些，却听身后的山路上马蹄声响起，原来是蓝少陵他们上来了。

他们身边的几匹马果然都驮满了东西，几乎全是闵澋的。蓝少陵带着闵澋骑着最前面的一匹，后面则依次是被随从们一起带上山的莲心和戟月。一到了大门口，莲心立即从马背上跳了下来，然后上前拉住书勤的手，左看右看了一番："公……公子，您怎么不等等我？"

说着，她还有意无意地看向闵江，一副戒备的样子，显然，这丫头对闵江送书勤上山颇为不满。

闵澋上了山，闵江的注意力全在自己的小弟身上，倒是一时没注意到莲心脸上的戒备，而是迎向了蓝少陵他们，先是看了一眼闵澋，见他脸颊红扑扑的，看起来很兴奋的样子，然后才看向蓝少陵："怎么样，这一路上还顺利吧？"

这一路当然顺利，不过要除去这位小公子一路上的问这问那、大呼小叫。蓝少陵正要向闵江大吐一番苦水，却立即被杨廉骂骂咧咧的声音吸引住，转头一看，乐了："哟，刚才在山脚整理东西的时候我就看到他们了，原来也是来书院的。这是唱的哪出呀？难不成是踢馆的？"

看他一副唯恐天下不乱的样子，闵江也笑道："他就是那位杨大户家的嫡孙，这是自认女婿上门认亲来了。"

"杨家大户的嫡孙？"不愧是消息灵通人士，蓝少陵也一下子想起来了，拊掌笑道，"原来是他呀！就是那个因为不上学，被他爹撵了三条街追打的杨廉杨大少？哈哈哈，真没想到，他竟然是大儒赵士谦的女婿，这下可热闹了。"

"怎么，难道你不知道他是赵士谦的女婿？"听到他的话，书勤奇怪道，"江兄不是从你那里听说的这个杨廉吗？"

"他从我这里听说的？"蓝少陵一愣，随即恍然大悟，"对，对对对，就是我告诉他的，是我自己忘了，只记得他被他爹追打的糗事，哈哈，哈哈哈！"

还好蓝少陵反应快，及时帮闵江圆了谎，而闵江则波澜不惊地说道："只怕赵大家也想不到，当初他母亲的一句戏言，会造成他今日的困扰吧。"

说到这里，他也不再耽搁，招呼道："行了，既然人到全了，咱们还是快点儿进去吧，不然一会儿天就黑了。"

虽然骑着马，可从中午到现在，众人只忙着赶路上山，早就饥肠辘辘，闵浚的肚子甚至都"咕咕"叫了好几回，所以听到后，立即蹦跳着向山门走去，边走边说道："是呀是呀，早点儿进去，兴许还能赶上书院的晚饭，否则咱们今晚又要饿肚子了。"

自从第一天被狠狠饿了一回后，闵浚对吃饭就变得着急起来，生怕再挨饿，书勤看在眼里着实觉得好笑，看来王妃的一番苦心还是挺有用的，总算让这位小少爷体会了一番普通人的疾苦。于是众人一起踏上山门前的台阶，由蓝少陵作为代表，欲上前敲书院的山门。

只是，蓝少陵才刚刚举起手来，便听"吱呀"一声，山门自己打开了，出来的还是那个周大同。推开门看到蓝少陵他们，他先是愣了愣，但马上，他却看向了仍旧在门口吵吵嚷嚷的杨廉，此时，他的脸色看起来比刚刚平静很多，而后只听他面无表情道："老师说了，想进秦麓书院的山门，只论学问，不论身份，你只要能证明你有能力做秦麓书院的学生，哪怕是山下的乞丐，我们也一定大开山门迎你进来。"

只论学问，不论身份？

听到这句话，又想到刚才蓝少陵说的关于这位杨大少的事情，书勤怀疑，只怕这位杨廉杨大少一辈子都别想进秦麓书院的大门了。

果然，听了周大同的话，杨廉立即哑声，脸色更是憋得通红，气焰也不再像刚刚那么嚣张了。

趁着门口安静下来的间隙,蓝少陵急忙递上众人的荐书,笑道:"这位兄台,我是南临蓝家的蓝少陵,这是我等的荐书,我们是来秦麓书院求学的,还望兄台代为通禀。"

周大同接过荐书,发现是蓝家家主和岭南王府的王妃举荐来的学子,自然不敢怠慢,连忙道:"老师已经跟我提过了,诸位这几日便能到达,你们随我来吧!"

"好,多谢兄台!"

蓝少陵连忙道谢,就要带着众人进门,可就在这个时候,却听他们身后的杨廉突然愤愤道:"凭什么他们就能进,他们也没证明自己的学识呀。"

见他又嚷嚷起来,周大同脸一绷,不屑道:"他们有举荐信,你有吗?"

"举荐信?"杨廉眼珠一转,突然在自己的衣服里翻了翻,随后竟然拿出一个已经揉得皱皱巴巴的信封。

将它打开后,杨廉几步上了台阶,拨开蓝少陵他们,挤到周大同面前,然后拿着信在他眼前晃了晃,撇着嘴道:"你说的是这个吗?你早说呀,害本公子在门口嚷嚷了半天,嗓子都快冒烟了!"

见他随手抽出了一封信就说是举荐信,周大同还以为他是骗人的,急忙接过来,然后他打开一看,脸色却一下子变得无比难看,他抬头看向杨廉:"这是……这是当朝国子监学监林谢的信,你……你怎么得到的?"

见他一脸吃惊,周大同得意扬扬道:"这封举荐信分量够重吧,我可以进去了吧。"

说着,就要推开周大同,自己闯进去。

"不行,谁都能进,只有你不能。"见他要硬闯,周大同边推着他,边着急道,"我要……我要去禀告过老师验明这封信的真伪才行,你不能进。"

这下,杨廉不干了:"凭什么不行,你们不是说了,有举荐信就能进去吗?我有举荐信,为什么还不让我进,就算笔迹能模仿,难道上面的印章也是假的?你这根本就是借口,你们书院难道自己定的规矩都不认了吗?"

他们两个你推我搡,让旁边的蓝少陵他们很是尴尬,现在大家都看出来了,这个杨廉应该是早就知道书院的规矩,而且事先准备了颇具分量的举荐信,可他就是不拿出来,非要等周大同自己说出来,才肯拿出,摆明了就是要他不能自食其言,无法找理由拒绝。也就是说,这个周大同周师兄,被这位杨大少给算计了。

不过，他们来得真是巧，如果不是他们要进门，只怕这位杨大少还找不到这么好的机会把举荐信拿出来呢。这下闵江终于明白他为什么在门口骂骂咧咧这么半天了，他这是在等他们先进门呢。也就是说，看到他们在门口等待的时候，他就已经把他们算计在内了，可谓狡猾至极！

看来，对这位杨大少，他们要重新认识了。

两人在门口吵吵嚷嚷的，很快惊动了书院里面的学生，书勤虽然站在门口，可是也看到有些同周大同差不多打扮的人已经往这边张望了，看样子应该是刚刚下课。

而这个时候，书勤突然看到大门里面有一片翠色的衣角一闪，随即一个女子的声音轻轻柔柔地响起："那就让他进来吧。"

这个声音书勤刚才听过，正是那位翠衣女子的，应该就是赵士谦的女儿，听到这个声音，周大同脸色一变，也不再往外推杨廉，而是正色道："好吧，只要你不再吵闹，我就带你去见老师。"

听他这么说，杨廉果然不吵了，而后周大同又看了蓝少陵他们一眼，叹了口气："你们也随我来吧！"

说完，他转身在前面带路，引着几人往后面走去。

刚来书院，自然要先拜见山长赵士谦，所以，周大同把他们引到了前面的大书房。

书勤早就听闻赵士谦赵大家的大名，当时一听说闵浚要来秦麓书院读书，她就动了心，之所以要来书院读书，也不仅仅是为了转移王府一干人等的注意力，让卞姑姑准备离开的东西，其实若是有机会，她还真想同这位赵大家好好修习学问。

如今，她眼看就要见到仰慕已久的大儒了，心中难免有些小小的激动，连带着眼睛也变得明亮起来。

大书房中的光线很好，刚进门，书勤就看到一个留着黑色美髯、戴着儒帽的中年男子正坐在桌案后面写字，见他们进了门，他立即搁下手中的笔，绕过桌案向他们走来。

待几人向他施礼和做自我介绍之后，赵士谦向他们略微点头算是回了礼，接着看向蓝少陵和闵江，笑道："蓝公子，你爹的信早就到了，你来得却有些迟了。"

蓝少陵他们自然是早就出来了，只是，闵江一心想跟着闵浚，硬是带着他在城里藏了两天，这才耽搁了，实在不能怨他。但即便如此，他又怎敢说是闵江的问题，自然只能往自己身上揽，于是脸上一红，斜眼看了看身旁的闵江，恭敬道："我们在路上出了些事情，所以耽搁了，还望老师不要怪罪。"

赵士谦也看了眼旁边沉默不言的闵江，仍旧笑道："路上耽搁些不要紧，既然来了，身心就要放在做学问上，不要让你父亲失望。"

"是，学生受教了。"蓝少陵连忙回道，而一旁的闵江也对赵士谦拱了拱手，算是表达了自己晚到的歉意。

赵士谦捻了捻胡子，对旁边的周大同道："你带他们去住的地方吧，就是前几日刚刚腾出来的那间屋舍。"

"是，老师！"

周大同说着，来到蓝少陵身旁，伸出手，做了一个请的姿势，而后没再看站在一旁的杨廉，径自带着蓝少陵和闵江往学舍去了。

看到他们走了，杨廉立即对着赵士谦拱手一笑："岳父大人。"

被他一叫，原本和颜悦色的赵士谦脸色顿时阴沉下来，他哼了一声："听说你带来了林谢的荐书？"

"没错，在这里。"杨廉连忙将荐书呈上。

赵士谦扫了眼荐书，确认的确是林广之的笔迹后，便把它收了起来，绷着脸道："既然你拿着林学监的信，说明林学监对你的功课还是认可的，你就留下来吧。"

"多谢岳父大人……"

杨廉脸上一喜，正要再说些什么，却听赵士谦突然提高声音道："你叫我什么？姑且不论当初的戏言算不算数，就凭你拿来的这封信，我也只是同意让你来书院就读而已，况且我们书院有规矩，若是日后考核不合格的话，无论你是被谁举荐的，都会被赶下山去，你可明白？"

"啊，还有这个规矩？"杨廉一脸的苦色。

"一直都是这规矩，你若觉得接受不了，现在就可离去。"赵士谦抚了抚袖子，垂着眼皮道。

"我明白了我明白了，岳……不，老师放心，我一定会努力用功，绝不会被您赶下山去，给您丢人的。"

"你有这个心劲儿还是好的，那就先下去吧。"赵士谦脸色稍微缓了缓，然后对门外唤道，"听松，带杨公子去学舍。"

他话音刚落，立即有一个青衣小童从门外进来，从身形看，同刚才在山门处为赵小姐开门的小童极为相似，而等他一开口，书勤终于可以确定正是那个小童，只听他说道："杨公子跟我来吧！"

"好，好好！"杨廉笑嘻嘻地应着，然后便跟着他离开了。

等他走后，大书房里只剩下了闵浸和书勤两个人，赵士谦冲他们道："至于你们，随我来吧。"

说着，他一转身出了门，书勤和闵浸也急忙跟了上去。

随着赵士谦、闵浸和书勤一路沿着回廊七拐八拐，很快拐到了一处小院里。这里相比前面显得更加清幽，学生也几乎看不见了。而绕过一处花池，再进入一个回廊后，赵士谦又一拐，领着书勤他们跨入一道小门，竟又进入了一个院子，而此时，一名女子正站在对面屋子的大门口等着他们。

看到他们进来，那名女子迫不及待地迎了上来，边走边说道："可是浸儿来了？你母妃早就给我写了信，让我好好照顾你，这一路上可曾吃苦？"

显然，这个迎上来的女子应该就是赵士谦的夫人了。

说着话，赵夫人已经到了闵浸的面前，扶着他的肩膀左看右看了一番，最后满意道："你同你母妃小时候长得一模一样呢。"

原来，赵夫人小时候，一次跟着家人出门远游，不小心同家人失散了，无意间流落到了蒙畲族的领地，后来是被正好回族里探亲的王妃所救，而且同王妃相处了很长一段时间，才被寻回去。

虽然后来两人见面的机会很少，但是书信却从未断过，赵夫人出嫁时，王妃因为有事人未到场，可礼物早已安排让人送了去。倒是王妃出嫁的时候，不声不响的，赵夫人直到她诞下闵浸才得知她竟然成了岭南王妃，尽管只是续弦，却已是贵不可言。

自那以后，两人间的通信才少了，而这次王妃突然写信给她，还想把自己的儿子送来书院读书，却让她欣喜不已，自然要好好照顾一番。

赵夫人的举动，让闵浸和书勤紧绷了很久的神经一下子松懈下来，而这时候，赵夫人注意到身边的书勤，她不禁膝盖一弯，却是要向她行礼，书勤连忙拦住她，低声提醒道："夫人，在这里我只是宋勤。"

此时，赵士谦也连忙走到书勤面前，对她深深一躬："赵士谦见过殿下，刚刚实在是失礼了。"

王妃若想让赵士谦夫妇为书勤打掩护，只能告诉他们所有的真相，可想而知，当初刚接到王妃的信的时候，赵士谦是多么震惊。只是，他除了感到自己肩上责任重大外，就是对这位名扬天下的端和公主的好奇了，倒是很期待见她一面。

看到赵士谦给自己行礼，书勤更不敢当了，连忙虚扶一下："先生不必多礼，是本宫太任性了，给先生添了麻烦才是。"

"不敢不敢，公主能来本书院是书院的荣幸，只是，为了公主的安全，等出了这里，你我只能以师徒相称，我只能在此先向公主告罪了。"赵士谦又道。

"本该如此才对。"书勤欣然点头。

正在这时，却听外面传来几声银铃般的笑声，而后一个好听的声音响起："爹爹，娘亲，可是客人到了？"

赵士谦夫妇交换了个眼神，赵士谦低声道："殿下见谅，这件事小女也不知道，只知道您是二公子的表兄。"

书勤点了点头，表示知道了，而这个时候，声音的主人已经进入小院，却是一个穿着翠绿衣衫的女孩儿，她一进来就直奔闵浚而去，扶着他的肩膀上下左右打量一番道："你就是岭南王府的小公子？我叫敏萱，小名叫鹿儿。"

这名翠衣女孩儿正是书勤在山门前看到的那位，看来，闵江说得没错，她果然是赵士谦的女儿。

"敏萱姐姐。"闵浚不自在地动了动，向后退了一步，躲开她的手，然后将书勤推到自己前面，介绍道，"这是我表兄宋勤。"

"叫我鹿儿姐姐吧，他们都这么叫我。"赵敏萱笑了笑，脸颊上露出一个小小的梨涡，看起来煞是俏皮好看，她随即转头看向书勤，打招呼道，"宋公子，我们在门口已经见过了。"

"敏萱小姐。"书勤对她微微点了点头。

"敏萱，不得无礼。"看到女儿这么随便，赵士谦忍不住呵斥道，"平时教你的礼仪都学到哪里去了？"

赵敏萱向他吐了吐舌头："爹爹口口声声要帮小公子保守秘密，可就您这样拘谨，反而会引起别人的注意，不是更容易露馅吗，我看应该是爹爹多多注意才对，你说我说得对不对？"

说着话，她又看向了闵浚，闵浚只得不自在地笑了笑："敏萱姐姐说得对。"

赵夫人这个时候也笑了，搂了搂女儿，白了赵士谦一眼："浚儿都不介意，你又何必如此严厉，鹿儿说得对，你才应该时刻提醒自己才对，被人看出来，可就不好了。"

说完，她笑着对书勤和闵浸道："行了，我在里面已经摆好了饭菜，你们长途跋涉一定累了，先吃些东西吧。以后若是书院的饭堂吃不惯，你们可以随时来后面找我，想吃什么，我就给你们做什么！"

在赵夫人那里饱餐一顿后，书勤和闵浸便被送去了住的地方，却是一个紧挨着学生学舍的小小院落。

小院不大，只有三间屋子，一间作为起居室，另外两间则是卧室，而后是一间小小的耳房，被充作灶房和杂物间。秦麓书院的学生们一般都是睡大通铺的，好一点儿的也是两人间，而他们的书童，只能住到后院的下人房。所以，书勤和闵浸这个小院，已经算得上是最特别的优待了。因为毕竟书勤是女子，身份又尊贵，赵士谦就算再想为她遮掩，也不敢放她去大通铺住，同闵浸两人住一间屋子也很不妥，这才退而求其次，让他们占用了这个用来招待客人的客院。

等书勤和闵浸到达小院的时候，戟月和莲心早就把小院收拾停当，他们带来的东西，也都归置好了，就等着他们回来。

待书勤和闵浸一进院子，便听到蓝少陵的大嗓门在院子里嚷嚷着："凭什么，凭什么他们能住这么好的院子，我和江兄就只能住两人间。我们两个男人一间屋子，太无趣了吧！"

而随着他的话音，闵江的声音悠悠响起："你不想住，可以走。"

"走？凭什么我走？走了去睡大通铺吗？跟那个杨廉一样？我才不要。你不知道，刚才那小子差点儿同周师兄打起来，这要是让他知道咱们两个能住这么好的院子，估计更不干了。"

刚踏进院里的闵浸一听到蓝少陵竟然同闵江在一个屋子，立即撇下书勤冲进了起居室，然后也大声嚷嚷道："好呀好呀，咱俩换，我去同江大哥一起住，你搬到这里来。"

跟自家大哥同吃同住，可是闵浸最向往的事情，他正巴不得呢。

屋子里的气氛似乎静了静，而后，闵江淡淡的声音再次在屋里响起："我觉得……不错……"

"是吧是吧，我就说吧，少陵哥哥，你还不快回去收拾东西去……戟月，你也快收拾。"闵江话音刚落，却听闵浸兴奋的声音再次响起。

听到这番话，书勤心中一惊，虽然闵浸也是男子，可毕竟还未成年，她借着照顾他的名义跟他在一个院子里，还说得过去，可若是这个蓝少陵的话，可就不太方便了。再加上他是岭南王世子的好友，一旦她的身份暴露，必然会引来诸多流言蜚语。

想到这里，她正打算进去阻止，可她不过刚刚踏进房门，却听蓝少陵不屑的声音响起："谁稀罕，我去找山长，让他给我开个单独的院子去，我就不信，偌大的书院，还能少我一间房。"

说完，他对站在门口的书勤笑了下："哟，宋贤弟回来啦，我还有点儿事，先走一步，先走一步了哈！"

"啊，好的，蓝兄慢走。"

蓝少陵拒绝这个提议让书勤总算松了一口气，而这个时候，却听闵浚在后面嚷嚷道："蓝少陵，你跑什么跑，我可是认真的。"

闵浚喊着，甚至想就这么追出去。

不过，他被身后的闵江一把拉住，对方看着他笑道："小公子少安毋躁，刚才我也是在开玩笑呢，山长既然安排你们在这里住，自然有山长的理由。成为秦麓书院的学生，第一件事就是要遵守书院的规矩。"

说完，闵江抬头看向书勤笑了笑："宋贤弟，我就不打扰你们，先回去了。"

虽然闵江一百个希望小弟能早点儿远离端和公主这个麻烦精，踢走蓝少陵这个唠里唠叨的男人，但是他也不傻。

如今既然山长安排好了他们的住处，就不会轻易变动，他若是强行改变，除了会提早暴露自己的身份外，也会招致父王的不满。虽说他不怕李准将自己也来书院的事情告诉父王，但也不意味着自己可以违拗父王的命令明目张胆地搞小动作，那样只会适得其反，让父王提早派人将自己唤下山。

闵江刚刚那么说是故意堵蓝少陵的牢骚的，更是要消除蓝少陵对他与端和公主之间关系的猜测。

自打进入书院开始，蓝少陵就不停地旁敲侧击，想要知道闵江是怎么认识闵浚的这位"表兄"的，而且话里话外似乎已经看出公主是在女扮男装，实在令他不胜其烦。结果，如今他不过说了一句话，就让蓝少陵哑口无言，还把他吓跑了，想必今后的日子，他应该能消停些了。

只不过，看到闵江不过是说了一句话，闵浚便再也不提换房的事，书勤着实觉得稀奇，因为她还是头一次看到有人能这么不紧不慢地同闵浚讲道理，更关键的是，看起来闵浚这个"混世魔王"竟然还听进去了。

于是她也对闵江抱了抱拳："打扰谈不上，实在是我们这里太过凌乱不好招待江兄，等收拾好了，再去请江兄和蓝公子做客。"

　　闵江点点头，又向后扫了一眼，似是心不在焉地提醒了一句："明日一早还有入学的考试，你们早点儿休息，今晚不要太过劳累，多多养精蓄锐才好应付。"

　　"还有入学考试？"刚才只顾着同赵夫人聊天，关于明天入学的事情书勤根本就没来得及打听，此时听到他的话，不由得吃了一惊，"考什么？"

　　"秦麓书院遵循周礼设置课程，无非是礼、乐、射、御、书、数六艺的考校，没什么特别的，宋贤弟按照平日学的准备就好。"

　　"六艺的考校？"

　　书院科目的设定倒是在书勤的意料之中，可考校一事书勤之前却从没听过，而且，礼、乐、书、数这四项她自然是不担心的，唯独这射、御两项，不要说考校了，她平日可是连碰都没碰过，这又让她该如何应付？

第十二章
秦麓峰上熟人多

秦麓书院的课程设置遵循周礼，设立了礼、乐、射、御、书、数六科，又根据学子的年龄，划分为了天、地、人三级，十二岁以下的孩童归在地字级，十三岁到十五岁归到人字级，满十六岁及以上则归到天字级。

各等级的班级根据学子的接受程度，各设立了相应科目的先生，而不管是哪一等级的先生，都是当朝的名师，是书院花大价钱请来的。

当然了，若是遇到特别优秀的学子，这个按年龄划分的等级就没什么用了，学子可以通过等级考试直接越级，接受更高等级的教导。不过，越级考试据说难度很高，这么多年来，真正能通过越级考试的人寥寥无几，而在这屈指可数的人中，杨廉的祖父就是一个，这也是会有他同赵小姐所谓婚约的原因之一。

"阴谋，一定是阴谋。秦麓书院开设这么久，我还从没听过入学需要考试呢，看来他们这是想赶我走呀！"

听说第二天有入学考试，六门科目中有两门不合格就会被淘汰，杨廉一大早就在饭厅里发起牢骚。

昨天被引到学舍的时候，大家就被告知，卯时过半饭堂就会有早饭，所以，今早刚上山的几人便又不约而同地在饭堂见面了。

如今闵浚很重视吃饭，几乎刚过了卯时就叫醒书勤来到饭堂，于是，他们成了几人中最早到的两人，而等饭堂开饭后，他们也几乎是第一个打饭的人，故而，等杨廉慢吞吞地来到饭堂后，闵浚都已经打了两回饭了。

由于不认识其他学子，唯一认识的周大同还跟他是死对头，所以，杨廉一进来，自然而然就往书勤他们这边凑。结果一凑过来，就开始愤愤不平地吐起苦水。

书勤正为今天的考校发愁，因为"射御"刚好是两项，若是她无法通过的话，难不成真的要被送回去？所以，如今听杨廉这么一说，不禁问道："你是说，秦麓书院从来没有设过入门考试？"

"可不嘛！"杨廉苦着一张脸，"我祖父那会儿来书院读书的时候就没有，后来也没听说有过，我刚才来的路上，也问了已经在这里就读的学生，他们也是头一次听说，你说，这难道不是'阴谋'吗？"

说到这里，他忍不住再次哀叹起来："难不成，上天这是要考校我对鹿儿的真心吗？"

就在这时，却听一声呵斥响起："不要鹿儿鹿儿的，师妹的小名也是你能叫的？"

大家循声望去，看到周大同领着几个天字级的学生站在杨廉的身后，脸上满是怒气。

杨廉几次三番上山，都是被这个周大同拒之门外，此时见他来了，正愁怨气没处发，不禁大喊道："怎么了，我就是要叫，鹿儿鹿儿鹿儿鹿儿鹿儿……你不敢叫，你没那个胆子，还不许我叫吗？"

"你……"

周大同被气得七窍生烟，拳头也攥得紧紧的，眼看就要冲过来，却被他身旁的一个学生拉住了，笑着低声劝道："谁不知道松阳镇的杨大少？周师兄放心，就算四分过关，只怕这位杨大少也困难得紧呢。"

"四分过关？"杨廉一愣，"满分是百分？"

"想得美。"周大同颇为解气地说道，"满分是十分。我们学子若是平日考试低于六分，就要补考，低于五分就要被惩罚了，严重者还会被赶下山去，这次考校定了四分过关，先生们已经很仁慈了。"

"仁慈？不考才是真的仁慈。"杨廉听了脸色更难看了，"难道你们就不怕得罪举荐人吗？"

听他这么说，周大同反而笑了："举荐人？若是你连四分都到不了，举荐人才是最脸上无光的吧。你以为什么人都能进秦麓书院，什么人都可以随随便便做举荐人吗？你还是趁早考虑日后怎么向举荐人交代吧！谁晓得你是怎么坑蒙拐骗才把举荐信搞到手的呢？"

说完这些，周大同便被其他学生拉着离开了，而杨廉也早就没了同他斗嘴的心思，垂头丧气地说道："看吧，我就说吧，这考试就是针对我的，唉，看来是我连累你们了！"

听他这么说，闵江饶有兴味地问道："这么说，你是承认昨天是利用我们进的山门喽？"

杨廉一听，立即嘻嘻笑道："不好意思，我是怕即便我有荐书，他们还是想出什么法子刁难我，不让我进，才会用这招，让他们拒绝不了。结果没想到，果然还有刁难，只是要拉着你们跟我一起倒霉了。"

听他这么坦荡大方地承认，原本心中对他有些埋怨的书勤不禁释然了些，也笑道："你就如此肯定，先生是为了你才多加了考核？"

"不然呢？"杨廉一愣，转头看向书勤，蹙了蹙眉头猛地凑近她，"喂，你的眼睛水汪汪的，不像是男人的……"

"杨兄！"就在这时，蓝少陵出声转移话题，"那你可有把握通过考校？我记得你的祖父是书院中少有的神童，当时刚入学，就从地字级直接跳到人字级了吧。"

被蓝少陵突然打岔，杨廉缩回了头，重新把注意力转移到考校上来，撇嘴道："我祖父是我祖父，我是我，我祖父作古都好多年了，可我还风华正茂呢。"

忐忑归忐忑，怨念归怨念，不过既然书院已经宣布这个决定，一时难以更改，再不甘心也得硬着头皮上了。

早饭过后，便有一位姓刘的先生将昨天刚来的几个学生叫到一起，准备前往考校的地点。等人都到齐了，书勤才发现，原来昨天来书院的不止他们五个人，还有一个，一共是六个人，那人是同杨廉差不多身量的男子，不过他离得稍远些，看不清楚样貌。

刘先生来了后，简单说了当天的安排，大概就是上午在讲堂考礼乐书数四艺，下午则去后院的演武场考校射御，顺便也让新来的学生们熟悉一下书院的环境。

宣布之后，刘先生就带着大家前去讲堂考试。

对上午的内容，书勤心中颇有把握，简直可以说闭着眼睛考都能通过，除了那个杨廉，其他人想必亦是一样，哪怕是闵浚这种顽劣的小孩子，从小也是经过严格教导的，只考基础的话，应该不难通过。

果然，上午的考校完成后，所有人的脸上都是一派轻松，只有杨廉一个人愁眉苦脸的。中午大家到饭堂吃饭的时候，他看起来都快哭出来了，伏在饭桌上哼道："鹿儿啊鹿儿，难道你我的缘分就到此为止了吗？"

看他一副伤心欲绝的模样，又想到昨日在后院看到的那个古灵精怪的赵小姐，书勤好奇地问道："杨兄，你对赵小姐痴心若此，她知道吗？"

"我心可昭日月，总有一天她会明白我的真心。昨天你们都听到了吧，可是她让周大同把我带进山门的，说明她已经被我打动了。"杨廉抬头，信心满满道，"所以，我若是能在书院待上一年半载，一定能让她接受我，若她接受了我，岳父大人也就能接受我了。"

"扑哧！"听到他的话，蓝少陵一下子笑出声来，"我明白了，你连她什么样子都没见过吧？你也真是大胆，万一赵先生的女儿是个麻子脸呢，到时候你怎么办？"

"不会的，赵先生是一代大儒，他女儿也一定是国色天香，我娘亲说只有娶到这样的大家闺秀，才能让我家的香火越来越旺，孩子也会越来越聪明，到时候，别说考秀才，只怕考状元都轻而易举。"

听他这么说，大家都明白了，看来杨家对杨廉已经完全放弃了，把杨家未来的希望寄托到了他的后代和妻子身上，也真难为杨家能想到这个法子，就是不知道杨廉清不清楚自己的处境。

这倒让众人不知道该对杨廉说什么好了，好像打击他不对，鼓励他也怪怪的。

蓝少陵反应快，眼睛往旁边一斜，突然招了招手，高声打招呼道："哟，段兄呀，过来坐吧！"

书勤随着他的声音转头望去，却见一个身材中等的书生正打算离开饭堂，似乎就是昨日上山未曾见过的那个学生，书勤记得刘先生点过他的名字，好像姓段，名青云。

段青云听了蓝少陵的招呼微微一笑，对他客气地点了点头："多谢蓝兄，我要准备下午的考校，先回学舍休息了。"

这个声音……

书勤愣了愣。

上午的时候，考校之前大家都在听刘先生说话，考完之后便陆陆续续出来了，书勤还真没听到段青云说话，此时听到他的声音，竟然觉得似曾相识，仿佛在哪里听到过。

不过，还不等她再仔细辨认，段青云对他们抱了抱拳，一转身离开了饭堂。

杨廉同段青云住在同一个六人间的学舍，此时见段青云走了，想到下午的两科的确需要充沛的体力，于是也坐不住了，立即回学舍休息，其余众人也都四散而去。

午休过后，刘先生带着他们去了后面的演武场，演武场很大，建在半山腰的一个平台上，演武场靠里的部分是个小小的射箭场，外面则是空旷的跑马场，演武场还连着书院的后门和马厩，闵江他们骑来的马匹就安置在马厩里，书院的人下山去采买，也是要从马厩牵过马匹再往山下去。

下午的第一项考核是射箭，两人一组，中靶即得一分。等射箭考完，再去跑马场考核骑术，不过，说是考核骑术，却也只是考核上马下马，并没有让学生真正纵马驰骋，可即便如此，对书勤来说，也极为不容易。

这次，段青云和书勤排到第一组，闵江兄弟排到第二组，蓝少陵和杨廉则排到第三组。候场的时候，蓝少陵挤眉弄眼地对闵江小声说道："江公子，我看那个宋表哥的眼神不太好,你要不要去帮帮她?"

闵江斜了他一眼:"你怎么知道她眼神不好?"

"这不是明摆着吗。"蓝少陵笑嘻嘻道,"那晚她连救命的绳子都看不到,今天让她射箭,能射中靶子都算我输。"

闵江冷笑:"你知道什么,她的箭术……"

说到这里,闵江戛然而止,看到他神色有异,蓝少陵的眼睛一下子变得亮晶晶的,问道:"她的箭术怎么了,你知道什么?难道她箭术很好?你怎么知道的?"

这位端和公主曾经是平安城的名人,所以有关她的一些事情,若是留心,想知道并不困难。闵江记得曾经听人说过,端和公主曾经陪着皇帝围猎,结果巾帼不让须眉,小小年纪便在狩猎过程中射中一只小鹿,而她的箭不偏不倚,刚好射中鹿眼,可见她的眼力和箭术很是了得,故而,闵江从不认为这项考核会难住她。不过,那晚的事情也的确颇为奇怪,她怎么就会看不到救命的绳子呢?难不成她晚上的眼力大大不如白天?

闵江心中想归想,却并不想露出太多的情绪,毕竟他知道宋勤是端和公主,蓝少陵却不知,而他现在又不想告诉蓝少陵,便哼了一声道:"知道什么?我能知道什么?她的箭术好不好跟我有什么关系。"

"没关系?"蓝少陵听了嘿嘿一笑,"没关系最好,不然的话,你家里的那位可不好交代。"

闵江不理他,而此时段青云和书勤已经站到凉棚里,每人手中都挑了一张弓。书勤从没射过箭,根本不知道自己该怎么挑选,因此就胡乱拿了一把,偏巧她又被排在第一个射,紧张得浑身冒汗。

棚子里专管射箭的教头见他们都做好准备了,抬起手来正要发布命令,却见段青云突然举了举手道:"教头,宋贤弟的弓好像有问题。"

"有问题?"教头听了,立即放下手,走过去查看,"什么问题?"

段青云从书勤的手中拿过她的弓,然后顺手将自己那把塞到她的手中,指着弓弦的上端道:"您看这里,好像弦坏了。"

接过段青云递给他的弓,教头看了看,果然看到弦上有一处小小的断痕,点了点头道:"我去给你们换一张。"

说着,就离开凉棚去外面换弓去了。

第十二章

这一次，听到段青云的声音，书勤终于认了出来，她拿着弓，看着他直发呆："你是……你是藏书楼里的那个……"

"嘘！"段青云对她比了个噤声的手势，快速说道，"刚才的弓太强了，你根本拉不开，这个准头虽然差点儿，但是比较轻，你应该很容易就拉开了。"

书勤一愣，这才明白，原来他刚才是故意挑了轻的给她，所以才会同她换弓，她一脸的感激："谢谢，谢谢段兄。"

段青云又是一笑，向后看了一眼道："就趁现在，快点儿开始吧。"

"现在开始？"书勤又呆了呆，"可是教头不在呀。"

"教头在不在又如何，他刚才已经抬起了手，对面的先生已经准备好开始读靶了，他在不在没有任何影响。而且，这射箭场是露天的，根本不存在作弊的可能，众目睽睽下，他也没必要同你计较。况且早上的时候那个杨廉不是说了，这次考校就是针对他的，若是没有他，我们不用考校就能入学了。"

段青云的话句句在理，只是，就算如此又能如何，第一，她根本就不会射箭，第二，她连靶子在哪里都看得模模糊糊的，又怎么可能射中靶子？

不过，紧接着却见段青云挪了挪位置，低声道："我的脚印你总看得到吧，站到我的脚印上来。"

书勤低头，果然看到两个深深的鞋印呈丁字形印在地面上，而还不等她问什么，却听段青云又道："我的位置正好对着靶子，快，我怎么说你怎么做，等一会儿教头来了，我可就帮不了你了。"

虽然书勤不明白段青云为什么要帮她，但是一想到自己可能会被送回王府，也就顾不得深究，而是立即站到段青云的鞋印上，而后只听段青云在她身后低低道："拿支箭搭在弓弦上，然后听我的指挥。"

书勤闻言，急忙抽出一支箭搭在了弓上，她刚刚做好，便听身后的段青云又道："将弓拉满，对……现在向上，再向下一点儿，靠左三分……过了过了，再靠右一分……嗯，向上三寸，再高一点儿……对，就是这里……射！"

段青云一声令下，书勤闭着眼睛就把箭射了出去，可过了一会儿，却听"噗"的一声响，她睁开眼，却见那支箭竟然倒栽葱般地插在了地上，而此时，对面的先生大喊了一句："脱靶！"

看到书勤第一支箭竟然脱了靶，力道也软绵绵的，蓝少陵乐道："我看她根本就不会射箭吧，这么近的距离还脱靶，她的力气该有多小？"

闵江此时也颇感奇怪，如果真如传言所说，端和公主的力道绝不会这么小，难不成，当初那个射中鹿眼的传言是有人刻意夸大其词？不对，按她这会儿的水平，岂止是夸大其词，根本就不可能！闵江不由得皱紧了眉。

书勤也没想到自己连箭靶都没有射到，当即沮丧不已，更对自己通过这一关毫无信心了，甚至想着干脆就这样扔了弓箭认输算了。可就在她灰心的时候，却听身后的段青云低声道："第一次已经很好了，你的弓拉得不满，力道才会不够，再拿一支箭，咱们重来。"

听他这么一说，书勤总算是有了些信心，于是再次拿出一支箭，咬紧牙关，几乎用全身的力气将弓拉开。

看到书勤的脊背绷得紧紧的，段青云笑道："不必紧张，只要用臂力和腰力即可，你越紧张，越射不中。你先深吸一口气，让自己放松下。"

书勤也察觉自己的确太紧张了，于是按他所说，轻轻地吁了口气，再次将弓拉满抬起，见她摆好架势，宋青云继续像刚才那样指挥道："对，就这样，先将弓往右边一点儿……对，再向上……很好，左边再偏一分……对，就这样，射！"

这一次，虽然书勤仍旧看不清箭靶，但是眼睛却睁得滚圆，直视着前方，她甚至还听到竹箭灌满力道的破空声。而没多久，只听对面的先生大喊一声："中，得一分！"

"啊，我中了，我射中了，我真的射中了！"

第一次射中箭靶，书勤兴奋不已，几乎大喊出声，最后费了好大的力气才压抑下大喊，小声欢呼起来。

她转头看向段青云，眼睛亮晶晶道："段……段兄，谢谢你。"

这一转头，她刚好看清段青云的脸，果然是记忆中那张青衣人的脸。

段青云也对她笑了笑："我就知道你行的。"

"好！"射中了第一箭，书勤信心倍增，再次站到段青云的脚印上，搭上第三支箭，将弓拉满后慢慢抬了起来。

"很好，姿势也越来越标准了。"段青云微微一笑，"现在，我说你听……"

接下来的三箭，书勤一箭比一箭射得轻松，一箭比一箭射得精准，在教头从外面回来的时候，她已经射出第七箭，而后来，由于教头在一旁段青云已经不方便提醒她，但是她凭着之前几箭的感觉，竟然也只有最后一箭脱了靶，成绩大大超过了她的预期。

蓝少陵看到书勤的箭法越来越准，也吃惊道："难道她真的是只有晚上视线不好？这叫什么？是不是叫夜盲症？"

蓝少陵在这边嚷嚷，却没发现闵江的脸色越来越难看。其实，有了那夜的事情，闵江这一段时间也在怀疑书勤的眼睛是不是真有问题，可就算蓝少陵说的是对的，这位端和公主有夜盲症，但他见她的那几次可不都是夜晚，光天化日，她竟然几次三番认不出他来，还口口声声称他为江自流，实在是可恨至极。

如今看来，即便是他，都差一点儿被这个端和公主蒙骗了，何况是不过才十几岁的浸儿，只怕更会被她骗得团团转。虽然他现在还不知道她这么做的目的是什么，可她心机颇深却是可以肯定的，更不要说，父王让她离开王府，更大的目的是引出那个想要杀她的人，他又怎么能够让她同浸儿走得过近，让自己的小弟身处危险之中。所以，一想到若是有朝一日他离开浸儿下了山，只留她和浸儿两个人在山上，他的心中就一刻不得安宁。故而，为了浸儿的安全，他也绝不能再让他们待在一起了，必须想个法子令她尽快离开。

虽然不知道教头换个弓为什么要那么久，但此时书勤哪里还顾得上思考这些，心中满是对段青云的感激。而且，正如段青云所说，教头回来后，看到书勤的考核都快结束了，并没有说什么，而是直接认可了结果，然后等书勤考校完，立即把换好的弓递给了段青云："这张弓你看看如何？"

段青云拿到手中掂了掂，又拉了拉弓弦后笑道："教头辛苦了，这张弓没问题了。"

教头点头，看向书勤："好了，你先去马场那边等着去吧。"

书勤应允，正要离开，却听段青云在她经过他身边的时候，低声道："五场已经拿下，歇一歇也未尝不可。"

书勤一听，立即就明白了，对段青云点了点头笑道："多谢段兄提醒！"

接下来的考校基本上就没有什么悬念了，段青云虽然每支箭都射中了箭靶，但是极少有中红心的，显然在隐藏实力。而闵江则箭箭射中靶心，闵浸是十箭九中，蓝少陵也是每箭都射中了箭靶，只不过在前四箭射中靶心后，后面几箭他只是随便比画了下。倒是杨廉让人颇为吃惊，十箭竟然中了五箭，在知道自己得了五分后，他立即拿着箭在凉棚里又蹦又跳地欢呼起来，让教头警告了数回。

不过，等众人到达马厩挑选自己马匹的时候，却发现书勤不见了，问刘先生，刘先生却说宋勤适才不小心崴了脚,所以最后一场直接放弃,已经先行一步回学舍休息去了。

听说她就这么回去了,闵浚先皱了皱眉:"直接就放弃了?她就这么有把握五项考校都能通过吗?下午的射御先不说,上午的科目也不简单呀。"

"你觉得不简单,对她未必是难的。"段青云笑了笑。

听出他话中有话,闵江眉毛挑了挑,问道:"看来段兄很了解她,刚刚在棚子里,你们聊了不少吧!"

棚子里的情形大家一目了然,虽然听不到段青云同书勤的谈话内容,但他们说了大半天的话,众人都看在眼里。

段青云对着闵江一笑:"江兄不也是吗?听说你们也是路上刚刚才相识的吧。但我听宋贤弟的意思,好像你们已经相识很久了呢。"

"相识很久?她这么对你说的?"闵江眉头微蹙。

段青云没有说话,而是看向教头牵来的马匹,转过话题道:"诸位,考校要开始了。"

考校的结果当天晚上便出来了,除了书勤少参与一科外,其余几人都全部参加了考校。结果一出来,杨廉的眼泪立即下来了。只不过,他不是因为没有通过考校流下的眼泪,恰恰相反,他以六科成绩,一科三分,一科五分,四科四分,险险通过了这次据说是专门针对他的考校。

晚上闵浚回来,探望书勤的时候,绘声绘色地向她形容了杨廉当时的样子,据说他当时激动得说不出话来,而回过神来之后,第一句话说的却是"皇天不负苦心人,娘啊,我终于有机会帮您把鹿儿娶回去了"。于是乎,向他们宣布成绩的刘先生当即脸色黑沉下来,一旁原本想来看杨廉笑话将他赶下山的周大同更是差点儿冲过去,但终究还是被拦下了,所以,拉人的拉人、起哄的起哄,讲堂里岂是一个乱字能形容的。

书勤主仆听得津津有味,知道那个杨大少终于能留下来了,莲心忍不住笑道:"这么说,这个杨大少的运气还不错,竟然真的留下来了,这下赵先生怕是要伤脑筋了。"

书勤听了则笑道:"也不能这么说,这一个人呀,若是运气太好,那可就不仅仅是运气了。我听说那个林学监对学生很是苛刻,尤其注重自己的名声,所以,能得到他的举荐信,也不是普通人能做到的。我看,正因如此,赵先生才会想试试这位杨大少的深浅，结果这一试，他竟然真的通过了。由此看出，这位杨大少不仅仅是运气好这么简单，怕是也有一定的实力和底子的。"

听到她这番话，闵浸立即用一种古怪的眼神看向她："你也这么说？"

书勤怔了怔："难道别人也这么认为？"

闵浸点头："我……嗯，我江大哥就是这么说的，蓝少陵还说他太看得起杨廉了，结果后来，那个段青云也这么说。我本来以为你笑笑也就了事了，哪想到你竟然也这么认为，难不成，这个杨廉日后还真能成为大才子？"

"他们也这么认为？"书勤想了想，笑了，"能不能成才子我不知道，但咱们日后一定要好好对待这位杨大少了。"

闵浸不以为然地撇撇嘴："你们随便怎么说吧，反正他留不留下来同我也没什么关系。"

说着，他从袖子里拿出一个黑色的小盒子，递给书勤："这是治疗扭伤的药膏，特别灵验，我上次也是扭了脚，涂了几天就不疼了，你这次既然也扭到了，就先用着吧。"

"你……给我送药？"书勤愣了愣，然后皱着眉头看了眼前的药膏一会儿，"这药里不会掺着什么东西吧！"

闵浸脸色一滞，伸出去的手就要往回缩，却被书勤一下子把药夺了去，然后笑道："你这孩子，我跟你开玩笑呢，上次的药膏很好用，我还没来得及谢你呢。"

"谁跟你开玩笑，你还当我是小孩子吗？这么幼稚的恶作剧我一早就不玩了。"闵浸脸憋得通红，"再说了，这次的药同上次的不同，上次的……我是怕你受了伤回王府向我母妃告状，可不是为了帮你。"

"我知道，我知道！"书勤笑眯眯地点头，"我在这里多谢小公子体恤了，以后给你母妃的信里，会多多给你说好话的。"

"哼，哪个要你说好话，你先养好自己的脚吧！"听到书勤用哄小孩子的语气对他说话，闵浸脸色通红，不服气道，"都多大了走路还崴脚，还不如三岁小孩儿。"

说完，他站起身来，就这么走了。

闵浸走了以后，书勤立即让莲心将药收了起来，然后从床上跳下，转了几个圈苦笑道："要是小公子知道我是装的，一定会很生气吧！"

莲心见状笑道："其实，殿下同小公子实话实说多好，我看，您最后一科没考，小公子好像很担心呢。这不,一得了您通过的消息,就赶忙来告诉咱们了。我真没想到,前几日小公子还同您置气呢,这会儿竟然关心起您了。"

书勤眨眨眼:"我可不敢告诉他,他这个年纪呀,学东西最快了,学好的也快,学坏的也快,我可不想让他学我偷懒。"

"公主是真的想偷懒?"莲心眨着眼睛问。

书勤听了,可怜巴巴地叹了口气:"当然不是,我是怕出丑,那马那么高,又那么凶,我就算拼了命,也上不去,倒不如就此认输好了。"

"也是,殿下上山的时候,还是让江公子带着上来的,一下子又怎么能会骑马,赵先生这个题目根本是在刁难人。"

"自然不是。"书勤摇摇头,"秦麓书院的课程设置,全部遵循周礼,这骑马我早晚都是要学的,关于这件事,改日我还要去赵先生那里请罪,希望他能原谅我才是。"

看到书勤唉声叹气的样子,莲心连忙岔开话题道:"好了殿下,您先别担心了,这一路上紧紧张张的,您治眼睛的药泥都没工夫敷,不如从今天晚上开始敷吧。临走的时候,卞姑姑可是千叮咛万嘱咐奴婢的,这件事情比什么事都重要。"

想到自己的眼睛,又想到自己今天下午的那番经历,书勤喃喃自语道:"总是在不可能遇到的地方遇到一个人,是不是有些奇怪?"

此时,正转身为她取药泥的莲心突然回身:"殿下,您可是说那个江自流?您终于发现啦。"

"发现?发现什么?"书勤闻言一怔。

莲心再次来到书勤旁边:"就是那个江自流呀,您不觉得他很奇怪吗?"

"奇怪?哪里奇怪了?"

"您没看到蓝公子和小公子都很听他的吗?说明他很会蛊惑人心,您可不能被他蛊惑了呀,别忘了,您可是已经指婚给我们世子了,是未来的世子妃和王妃呀!"莲心一脸认真道。

"蛊惑?"书勤终于明白莲心的意思了,狠狠点了莲心的额头一下,笑骂道,"你的小脑袋瓜里都在想什么呀!"

通过了入学的考校,书勤心中没了挂碍,一觉睡到大天亮。第二天,就是他们正式入学的日子。因为年龄的原因,闵浚被分到人字级的甲班,而其余几人则被分散到天字级的甲乙丙三个班。同级别的不同班之间并没有优劣之分,不过好巧不巧,杨廉和段青云被一起分到周大同所在的甲班。而书勤和闵江被分到了乙班，蓝少陵一个人被分到了丙班。

虽然这三个班的讲堂几乎是挨着的，但是中午下了课后，蓝少陵却哀叹不已，要知道，他可是最爱热闹的，如今班上却连个熟识的人都没有，这课上得该有多寂寞、多无聊啊！

只是，他正在倒着苦水，杨廉却再次苦着脸找来了，一来就揪住书勤的袖子不放，可怜巴巴地诉苦道："宋贤弟，他还算好的，你知不知道甲班有那个周大同，这一上午他找了我三四次麻烦，段兄也不帮我，我真是好惨呀！"

"说话就说话，干什么动手动脚的。"看到杨廉一来就拉着书勤装可怜，闵浚一把打掉他的手，"你惨不惨，跟我表兄有什么关系？"

被闵浚狠狠打了一下，杨廉装作没事人一样，又转而抓住一旁的蓝少陵："蓝兄，我在甲班已经很惨了，他们兄弟两个还要嫌弃我，你说我是不是更惨。蓝兄呀，你是蓝家的公子，要不你帮我向山长说说，让我跟你一个班算了，反正你一个人在丙班待着也寂寞不是？"

他这么一说，蓝少陵还真动了心，最起码这个杨廉还是挺有趣的，若是能跟他同班，这段读书的日子应该好过不少。

可他眼神不过闪了闪，便听一旁的闵江幽幽道："蓝兄，你去找山长帮你调换房间的事情怎么样了，山长可同意了？"

听到闵江这么说，蓝少陵又一次变得垂头丧气起来，甩掉杨廉的手有气无力道："别想，山长说了，咱们来书院，是读书来了，不是享福来了，自然不会让咱们处处如愿的，否则还不如只在家里待着别出来。"

蓝少陵的话虽然说得直白，但山长就是这个意思，只不过从山长口中说出来，更隐晦更婉转，也更让人无法辩驳。于是杨廉一听更丧气了，叹道："你说都这样，我去只怕更不行了，算了，也许这就是上天对我的考验，我受着就是。"

见杨廉一脸的坚定，书勤开始好奇起这位杨大少是怎么长大的了。如果真如他所说，连娶妻都这么听他娘亲的话，那他娘亲小时候也一定说过让他好好读书，又何至于沦落到让他爹追打了三条街，成了一个大笑话的地步？

她正想着，却见饭堂门口有个身影一闪……

饭堂后面有一小片竹林，衬着小桥流水以及从山下运上来的太湖石，颇有几分江南水乡的味道，伫立于竹前水旁，段青云忽听身后有人唤他："段兄！"

段青云转头，却见书勤站在他身后，见他回头看她，她缓缓向他走近。她纤细的身材衬着身上的青衣越发宽大，有那么一瞬，他以为自己回到了家乡那片如烟如雾的竹林中，即将见到那许多已经被他尘封于记忆深处的人们。

"段公子，你为何要来秦麓书院？"

不过，等她到了他的面前，问出这样一番话后，段青云立即从回忆中醒过神来，对书勤笑了笑："怎么，帮你不好？"

书勤摇头："我昨晚想了一夜，为什么会在这里遇到你，可就是想不通，所以今日见到你，就想亲自问问你。"

"问我？你怀疑我跟着你？"段青云又笑了，"公主，我后悔帮你了。"

书勤的脸色一滞，咬着唇道："我不是那个意思，我只是觉得，一切都太巧了，你总能在关键时刻帮我，你知道的，这世上哪有那么多巧合？"

"呵！"

段青云再次轻笑一声，转身欲走，却又被书勤拦住："还有，那夜你为何出现在藏书楼里，你进入岭南王府真的只是为了找地方休息吗？"

"原来，你是因为这个才怀疑我。"段青云的眉头轻蹙了下，他看着书勤，"在我眼里，那里只是一个我能留宿的清净所在罢了，可偏偏你冒出来，扰了我的清净，结果现在你却怀疑起我来，难道是我请你大半夜去藏书楼的吗？"

说罢，段青云没再多说一个字，打算就此离开，心中却暗叹——果然是无趣，这么容易就被怀疑了，这位端和公主的确比常人敏感得多，看来他以后要做的事情需要更隐蔽了。

可是，他刚走了没几步，就听到书勤在他身后低声说道："段兄，你误会了，我虽然奇怪，可我这次来就是要告诉你，你帮了我这么多次，我一定不会向别人说出以前的事情，我们在书院就是第一次见面。"

听她这么说，段青云停住了，转头看向她，眉头却因为她这句话皱得更紧："这么说，你是已经肯定我来到书院另有目的？"

"难道没有？"书勤愣了一下，"那我是不是可以对别人说起你救过我的事情？毕竟你救过一朝公主，那次若不是你，我可能就没命了！"

"别人？"段青云的脸上笼上一层寒霜，"是闵江还是闵浸？你是要告诉他们？"

"难道不行吗？"书勤的脸上显露一丝狡黠，"你放心，你不让我说，我绝对不说，正如我刚才所言，我们就是第一次在书院见的面！"

这次，换段青云怔愣住，然后，他的脸上挂上了一丝意味不明的笑："公主，我倒是有些后悔帮你了，也许，昨天就该让你就此回去。"

"不会的。"书勤展颜，"若是可以，你昨日不会帮我，因为，这里只有我一人认得你，你若是想要做坏事，第一个要赶走的人也是我。"

"可我要做的就是坏事呢？"段青云眼睛微眯，身子彻底转向书勤，他渐渐向她走近，"如今，你已经知道了我的身份，甚至威胁我，你说，我该怎么办？"

看他渐渐靠近，书勤的脸上先是闪过一丝惊慌，但是很快她便镇静下来，盯着他的眼睛道："不会的，你救过我，就不会再害我。"

见她如此肯定，段青云停住脚步，再次笑了，这次却笑得十分无奈，他摇着头："好吧，你赢了。说吧，是不是有事要我帮忙？"

听到他这么说，书勤松了一口气之余，再次收敛神色，然后一脸郑重道："对不起，段兄，我的确需要你帮忙，只不过不是现在。你能不能答应我，若是有朝一日我有求于你，你不要拒绝我可好？想来想去，似乎也只有你能帮我了。"

"以后有事要我帮忙？"段青云挑了下眉毛，"公主就是为了说这句话，才同段某兜了这么大一个圈子？"

书勤的脸颊顿时红了，坦言："可我在岭南，只认识你一人，你不帮我，我真的找不到别人帮忙了。"

"可是与岭南王府有关？"

"段兄，我若是方便说，又何苦同你绕圈子呢？直言不讳，岂不快哉？"书勤摇了摇头，"你若非让我说，我只能告诉你一句话，我既求你，定然是你能帮我，只看到时候你想不想帮了。"

她同卞姑姑的计划再完善，终究也只是在内宅中实行，她们要想日后顺利出逃，一定要有人在外面接应她们，帮忙做一些她们做不了的事情，疏通一些她们无法亲自出面的关节。

本来当初遇到自称江自流的闵江，以为他同岭南王府有过节，她还曾想过，是不是要好好与他结交，让他在外面帮忙，可后来见他与蓝少陵同时出现，两人的关系似乎还很亲密，便只能打消了这个念头。

而如今段青云的突然出现，便像是专门为她们准备好的帮手似的，即便她现在还不知道他究竟是谁，可先管他要个承诺总是不吃亏的。更何况，他明知她的身份，在她面前却仍旧没有半分拘谨，单是这份胆识，就不是一般人能有的，想必在知道她的身份之后，对她的态度也不会有太大的变化，也因为此，她更倾向于他是游历江湖的游侠。

知道了她的意图，段青云却放下心，只是略微思考一下，便道："好，既然你都把话说到这种程度，我若是不答应你，岂不是太不近人情？"

见他果然答应下来，书勤的眼睛立即亮了："多谢段兄，若是将来事成，我一定好好报答你。"

"别说报答。"段青云的唇角向上微扬了下，"日后你不怪我就好。"

"怪你？"书勤的头歪了歪，"为什么怪你？"

"怪我向你隐瞒身份……"

还有……目的……

后面的话，段青云没再说出来，而且也不可能说出来。他觉得很可笑，刚刚他还认为这个女人很是敏感，怎么转眼间她就这么相信他了，他只不过帮了她几次，而且有着自己的目的，她就这么容易相信他不会害她。到底该说她精明，还是说她傻呢？

就连他本人有时都不敢相信自己，她又凭什么相信他？

"宋勤，蒙小弟刚才还在找你，原来你在这里。"

就在这时，却听闵江的声音响起。两人循声望去，只见他正靠在一棵大树上看着他们，也不知道在这里多久了。

"蒙表弟找我？可是有事？"看到是他，书勤向他走了过去。

闵浸这次化名蒙寿来的书院，书院对外面散布的消息也只是岭南王妃的本家子侄。

"应该有吧。"闵江含混道，"也许，过不了一会儿他就找到这儿来了。"

"那我还是先去找他吧。"说着，书勤已经到了闵江的身旁。

就在她走到他身边的时候，只听闵江突然问道："没看出来，宋贤弟交游甚广，才短短两日，就在书院交到了好友。"

书勤本不想让人知道她同段青云交往太近，否则日后若是她请他帮忙的时候，反而会多出来很多麻烦。可此时既然被闵江撞到，她若是遮遮掩掩的只怕更容易让人怀疑，当即笑道："我听说这后院有片竹林，就想趁着午休的时候出来观赏一番，哪想到这书院中不独我爱竹，居然遇到了段兄。江兄，你突然出现在这里，是不是也是为了这后院的竹林而来的呢？"

闵江当然不是冲着竹林来的，他是看到书勤随便找了个蹩脚的借口就离开了饭堂，专门跟过来的，哪想到却看到她同段青云在一起。

段青云此人，闵江只觉得他不一般，却还没有弄清他的来路，想到父王同意端和公主来书院读书的真正原因，闵江现在颇为怀疑，这个段青云就是他们要等的人。

想到这里，他仔细看了看段青云的身形，虽然那日那个青衣人是骑在马上的，可他现在怎么看都觉得段青云同那个青衣人的身材十分相近，很有可能就是同一个人。

如果是这样的话，这个青衣人要么同端和公主早就认识，要么就是故意接近她，而无论是哪个原因，之前山匪的事情只怕都没有表面上看到的那么简单……

短短一瞬间，闵江想了很多，看他不答，书勤便自顾自地离去，不过，等段青云经过他身边的时候，他却将手搭在段青云的肩膀上，笑嘻嘻道："段兄，我们以前是不是见过？"

轻轻拂掉他搭在肩上的手，段青云笑了笑："江兄以前见过我？在哪里？在下怎么不记得了？"

"你不记得不要紧，我记得就好。"闵江也笑了，然后离开了竹林边，往自己的宿处去了。

闵江同书勤一走，竹林边又恢复了宁静，眼见山风阵阵，绿树如烟，听着潺潺的水声，段青云叹了口气："本是清静之处，奈何仍是不得清净。"

第十三章 世子大人的计划

晚上，蓝少陵回来得稍微晚了些，他刚走到他同闵江所居的学舍前，便见一个黑影从房屋门口闪了一下，随即消失了。

他眼神微闪，不动声色地进了屋，却见闵江正坐在八仙桌前，刚刚烧掉了什么。

看了眼闵江脚下的纸灰，蓝少陵先是笑嘻嘻地关上了屋门，然后也凑到了八仙桌前："世子爷，刚刚可是有人来过？"

瞥了蓝少陵一眼，闵江并不瞒他，"嗯"了一声点点头道："剑生来过了。"

"剑生来了？"蓝少陵笑了，"他怎么又走了？你不是说让他办完事来书院同你会合吗？"

闵江摇了摇头："眼下看来，他还是在外面比较合适。"

"外面？他的事情还没办完？"蓝少陵说着，苦了脸，"书院只让带一个书童在一旁陪侍，还被打发到了后院，人手完全不够用，你家剑生功夫好，脚程快，我正盼着他来呢，怎么人来了，你反而又让他走了呢，你就算不为我着想，也得为你家小弟着想，昨日他想吃松阳镇有名的蒸肠粉，结果因为书童不许随便下山，没吃成，发了好大一通脾气，若是有剑生在，这件事情不就解决了？"

闵江斜眼瞥了他一下，嘲讽道："你什么时候跟浸儿一样，只知道吃了？"

见蓝少陵无言以对，闵江收回视线："我只是让剑生下山弄几匹马上来。"

"弄马做什么？"蓝少陵好奇地问。

闵江轻嗤了一声，微抬了抬下巴："你真以为本世子是来这里玩儿的吗，我要马，自然有我的用处。"

"你不是担心闵浸才来的吗？"蓝少陵一脸诧异。

"我就是为了浸儿，难道你不知道浸儿的骑术很差吗？"

"很差？"蓝少陵听了恍然大悟，笑着摇头道，"你不说我确实忘了，蒙妃娘娘的心思还真是古怪呢。"

闵江笑了笑没有回他，有些话他自然不能太早让蓝少陵这个大嘴巴知晓。这次，浸儿能把骑术学好也就罢了，就算浸儿学不好，可他这次想要做的事情岂止是教浸儿骑马，还有更重要的事情要做。

若是此番他想做的事情成功了，浸儿就可以安心在山上念书，而他也可以放心下山，做自己该做的事情去了。

一眨眼的工夫，书勤在山上已经待了十几天了，这期间，除了每日按时上下课外，她也常常跟着闵浸去后院找赵夫人，闵浸自然是为了解馋，而她则同赵夫人和赵

小姐聊聊天，有的时候，赵先生也会来陪他们，她便借这个机会向先生讨教学问，每每让她受益匪浅，深感不虚此番求学之行。

这一日，她无意间提到她在岭南王府看到的《竹书记》，提到那个神秘的"金龙朝"，赵先生大感兴趣，详细问了她《竹书记》的内容，以及有关那个"金龙朝"的记叙，还让书勤下次再来的时候，将这本书从王府带来让他看看。

书勤自然欣然应允，对这个朝代她也是充满兴趣，可凭她一人之力太过单薄，若是能加上赵先生渊博的学识，想要读通这本《竹书记》只怕会更容易些。

不过，一提起这个"金龙朝"，赵先生却叹道："我有一个老友，也对这个朝代颇感兴趣，更是对它研究了半辈子，不过可惜，他这个人一心做学问，却卷入一场无妄之灾，被皇上降罪，刺配到了漠北的蛮荒之地。"

看到赵先生一脸的可惜，书勤沉默了好一会儿，这才笑了笑道："先生放宽心，您那位老友毕竟保住了性命，若他真是被冤枉的，日后也一定会沉冤得雪。而且……"

书勤说着，看向窗外郁郁葱葱的绿植鲜花，又是一笑："我来岭南前，还说这里是蛮荒之地呢，可真到了这里，发现这里不仅不荒凉，到处绿意盎然生机勃勃，人们还热情得很。而且，先生不是还在这里建了座秦麓书院，名扬整个大安朝？所以，自在之人自得自在之地，自在山水自有自在之人所居，自在若在人心自然处处自在……说不定漠北也不差，您那位老友过得很好呢？"

赵先生一听，愣了下，随即笑着摇头："没想到公主的胸襟竟然如此豁达，倒显得我这个做先生的患得患失了。你说得没错，荒漠之中尚且有绿洲存在，又何况这好山好水的岭南？你刚刚说的什么……自在之人自得自在之地，自在山水自有自在之人所居，自在若在人心自然处处自在！哈哈，殿下身为女子，却有大智慧，在下自愧不如，受教，受教了！"

"不敢！"书勤脸上一红，"我只是来岭南这段时间，心中有些感悟罢了。我看先生才是真正做到了自在，坐拥好山好水好学生，有丝竹做伴，却无案牍之劳形，何其逍遥。"

"你小小年纪，便有这番感悟，真不知该为你高兴还是忧虑。"赵士谦叹了口气，"所以，入门考校那次，你是故意放弃最后一项考试？你可是不想锋芒太露？礼乐书数四艺均为满分，射艺八分，可是觉得骑艺的考校太过简单，故意不考？"

书勤心中一惊，连忙站起，对赵先生深深施了一礼，一脸羞愧道："不敢瞒先生,学生故意放弃,不是觉得太简单,而是根本就不会骑马,学生只是怕丢人,才会故意装病放弃,还望先生不要怪罪。"

"你不会骑马?"赵士谦闻言一惊,"我听闻平安城来的友人说起,你随陛下围猎之时,可是在马上猎了一只麋鹿,而且直中鹿眼。难道没有这回事吗?"

书勤听了脸颊滚烫,不敢抬头,低垂着脑袋说道:"先生是想听真话吗?"

"你是说,这个传闻是假的?"

书勤摇头:"传闻不假,但也只是传闻而已。事实是,我身边的女官射中了鹿,大臣们却以为是我,我不过是带着女官们在林子里踏青罢了,而等我回去,不知怎的,我就成了猎到鹿的那一个,父王甚至连嘉奖都准备好了。众目睽睽之下,我若是说出实情,岂不是让父王难堪,只好硬着头皮接下了,但从那日起,我却再也不敢轻易接近马匹,生怕有人心血来潮,让我当众展示,故而骑术也不敢在人前学了。而在皇宫里,想要不动声色地练习骑术根本是不可能的,所以,也就干脆放弃了。"

书勤说的同实际情况相差不多,但是端和公主比她要好一点儿,最起码上马下马,然后被人牵着马溜达一圈儿还是能做到的。但那次射中麋鹿,正如她所说,根本是司棋帮公主射中的。而射中之后,公主就让人放出风去,这才得到皇帝的嘉奖。其实不仅仅是司棋,公主身边的每一个侍女都有特殊的用处。有的是她让舅舅专门送进宫里的,有的是在宫中特意挑选的,都是为了能给她暗中助力,她的目的就是让自己名扬整个平安城,进而得到父皇的重视,让那些宫里的妃嫔们轻易不敢欺负她们母女。

其实,这也怪不得公主小小年纪有如此心机,只因为她的母妃太过柔弱,在她小的时候,她也一同受了不少的苦,才会想到这个主意,结果却没想到,眼看她就要成功嫁入临安侯府,却被指婚给了岭南王世子。这件事若是放在书勤身上,只怕也是受不了的,所以,纵然如今她同卞姑姑陷入了如此艰难的境地,整天杯弓蛇影,惶惶不可终日,但还是不怨公主。更不奢望公主能回来救她们,唯一能做的就是自己救自己。

所以,虽然书勤刚才同赵先生大谈了半天自在之道,可归根结底,她同卞姑姑的自在之地终究不在岭南,不在岭南王府,而是在另一方未知的天地,也许到了那个时候,她就真的能像赵先生一样,找个自在之地,真正做个自在之人了。

赵士谦微顿,仔细看了书勤一番:"殿下该早告诉我的。"

书勤一笑:"难道赵先生此次加试,真的只是为了杨廉?"

赵士谦摇了摇头:"我只是很少收到林学监的荐书,过一阵子,他怕是会莅临本书院巡查,这个时候他的荐书到了,还是给了杨廉,我只是觉得奇怪而已。"

"林学监要来书院?"书勤闻言一惊,"此处距平安城有千里之遥,他真的要来?"

赵士谦点头:"来了这里,他还要去西南,公主知道的,十年前的事情发生后,那边总是不安生,尤其是学子们,近年来怨言很多,来了咱们这里再去那里的话……"

说到这里,赵士谦微微一顿,笑着对书勤道:"殿下,在下并没有妄议朝政的意思。"

书勤眼神微闪,然后笑道:"先生的意思我明白,您放心好了,我既然已经被指婚给世子,就是半个岭南人了,而且那平安城……我今生能不能回去还两说。"

说到这里,书勤故意露出一番落寞之色,这让赵士谦多少放宽了心,又笑了笑:"我岭南将来能得公主做王妃,乃是我们岭南百姓之福啊!"

离开后院回学舍的路上,书勤有些心不在焉,好几次都差点儿走错路,都是被闵浚拉了回来。两人是一起去的赵夫人处,今日赵夫人多做了几样点心,叫了闵浚去吃,由于他向来觉得在赵士谦面前拘谨,不如在赵夫人处自在,所以,他基本上都是能不在赵士谦面前露面就不露面。如今看到书勤仿佛有心事似的,不禁皱眉问道:"你怎么了?难道先生骂你了?"

不过,他问了这句话后又自我否定道:"不可能呀,来的这十几日,各位先生都对你赞誉有加,赵先生更是每次去了都夸你,他不可能骂你呀。"

闵浚的话让书勤醒过神来,她笑了笑道:"没什么,只是我的射御两项功课学的进度慢些,我想向先生讨教,他让我不要着急慢慢来。可我怎么能不急,听说林学监马上要来巡查了,到时候书院还会举办六艺大赛来迎接他,六艺大赛之后还有诗会,我若是学不好,到时候岂不是要出丑?"

"林学监?就是给杨廉荐书的那个林学监吗?"闵浚眨眨眼,"我听少陵哥说,这个学监在平安城很有名,常常召集一帮人以文会友,举办诗会酒会什么的,他应该认得你吧!"

书勤的眉间立即笼上一层薄薄的阴云,故作轻松道:"我笄礼上见过他一次,那会儿还小,也不知道他现在还能不能认出我。"

"认出来也没关系，反正有赵先生呢，他会为你解释的。"闵浸丝毫没有察觉，替书勤出主意道。

听到闵浸的话，书勤心中苦笑，没错，赵先生刚才也是这么说的。可是，一旦露面便存在着不可预料的风险，谁知道那个林广之此前见到公主的时候，有没有注意到公主身边的她，若是那时记住了她的样貌，这次又认出了她，再同赵先生两人一对质，岂不糟糕？

看到书勤的眉头还没有完全展开，闵浸想了想又道："你不就是怕你的射御到时候会出丑吗？没关系，少陵哥和江大哥骑术射术都很好，他们前一阵子还说要指导我的骑术呢，不如等他们教我的时候，你同我一起去。"

看到闵浸根本就不知道她在担心什么，书勤安心之余又有些发愁。

那个林学监的确见过端和公主，而且不止一次，如果知道她是以什么身份来的书院，一定会戳穿她。不过若是他只以为她是宋勤的话，一切就迎刃而解了。

所以，如今还不知道六艺大赛的规则，她能做到的就是既不能太出众，也不能太差劲，决不能出任何风头。这样的话，才不会有机会引起他的注意，才是最安全的。最好，让他连宋勤这个名字都记不住。

想到这里，书勤已经打定主意，笑着对闵浸道："好吧，江兄和蓝公子什么时候指导你骑术，你叫上我，我同你一起去。"

秦麓书院的学生，半月可休沐一日，书勤他们上山没几天，便赶上了一次休沐，而这次，是他们第二次轮到休沐之日。

这一日，书院会山门大开，书院的学生们只要向夫子告假，便可以下山，或是逛逛松阳镇散散心，又或是采买些必需品带上山来，若有学生喜欢这大山中的美景，便会爬到秦麓峰顶，体验一番一览众山小的豪情。

而闵江他们却趁着这个日子，从书院借出了用来教授骑术的马儿，打算好好教一教闵浸骑术。

岭南王府世代以弓马传家，所以闵家的男儿从很小的时候就开始学习马上功夫。只是，蒙妃对闵浸十分溺爱，马上功夫只让教头传授了他上马下马的要领，就没继续教下去了。说是闵浸年龄尚幼，不必随他父兄修习马上功夫，他只要修习诗书就行，归根结底，就是怕闵浸学骑马会有危险。

一开始岭南王的态度还比较强硬，可后来随着王妃闹了好几回，他也只得由他们去了，所以，闵浸的马上功夫毫无基础。如今到了书院，六艺中射御两项的要求虽然

不高，但是也没宽松到只会上马下马就能过关的，故而闵江主动要求让闵浍随他们学骑马。

闵浍早就想像大哥一样纵马驰骋了，所以，听说大哥终于肯教他骑术，自然开心得不得了，一大早就起床去了后院的马场，恨不得立即就能骑上马儿一口气冲下山，骑到松阳镇去。当然了，他也没忘记对公主殿下的承诺，将她一起带到了后面的马场里，同大哥他们会合。

闵浍也就算了，看到书勤也来了，闵江皱了皱眉："宋表兄还用学骑马？"

书勤笑着回应："我的骑术粗陋，上次崴了脚，才幸免没在众人面前出丑，如今林学监即将来书院巡查，我总不能影响书院的名声，自然要勤加练习，所以也有劳江兄了。"

"还有我还有我。"

闵江正犹豫着要不要答应下来，却听一个声音从马场入口传来，紧接着杨廉气喘吁吁地跑了过来，见他们都在，先是松了口气，然后一脸期待道："林学监就要来了，我也要好好练习下我的骑术，不能让他对我失望。"

"杨大少？你怎么也来了？"闵江的脸色有些晦暗不明。

"嘿嘿。"杨大少得意扬扬道，"我知道你们因为怕马匹不够一人一匹，还管教头借了书院的马来练习，对不对？"

闵江皱紧了眉头，颇为不悦："谁告诉你的？"

"没谁告诉我，我都是听教头说的。反正我不管，都是书院的学子，为什么你们能用书院的马匹学，我却不能，所以，你们也得教教我，否则，我就去夫子那里告状，说你们擅自动用书院的马匹，到时候教头也得跟着你们一起挨罚……"

杨大少一旦较起真来，谁都拿他没办法，这一点从他削尖脑袋想进入书院就可见一斑。时间本来就不富余，闵江懒得同他计较，低喝了一声："行了，你想骑的话就别嚷嚷了，过来吧。"

人员到齐后，闵江也开始教授。他先让大家各自选好自己用来练习的马，演示一番上马的姿势，边示范边道："你们看好了，上马的时候一定要抓紧缰绳，千万不要抓得太靠后，要抓得更靠前些，最好连马鬃也抓住，这样一来，才能用上力，不至于因为抓缰绳抓得太远而无法控制马头，被它甩下去。"

闵江先讲述上马的要领，相比其他两人，书勤听得格外认真，因为这些人中，只有她是从头学起。不过，闵江对于这一点只是简单地讲了几句，因为他也从没想到大名鼎鼎的端和公主竟然一点儿也不会骑马，要知道，端和公主在马背上一箭射中鹿眼的传闻他可是深信不疑的。尤其是在入学考校时，书勤射中了八次箭靶之后，彻底打消了他对她是否患有眼疾的怀疑。

这次，书勤能跟着闵浽来学骑马，完全在他的意料之外。要知道，一个在马上就能射中鹿眼的人，她的骑术又怎么可能太差？这让他不由得怀疑起这位公主殿下的动机。

不过这样也好，她的临时起意，倒让他有了机会。于是，教完上马下马的要领后，他骑上了自己的蓝星，绕着跑马场缓缓地跑了一圈儿，然后坐在马上，边操作着缰绳，边继续讲解道："你们看到没有，把缰绳往左边拉，马儿就往左边跑，往右边拉，它就往右边跑。注意，骑在马上的时候，尽量将身体放低，缰绳同样也要放低，最好能低到马背的位置，不然一旦跑起来，很容易被马甩下来。其余的就简单了，用脚跟使劲踢或者夹马肚子，马就会加快速度，若是想让它放缓速度，就喊'吁，吁'。不过，我建议大家初学的时候还是不要让马跑得太快，一是不容易稳住身体，再就是这个马场太小了，根本跑不起来，万一冲出围挡，再往前骑一段路就是断崖，非常危险。"

说到这里，闵江顿了顿："其实，我说这么多，都是纸上谈兵，这马上的功夫还是要多练习才行，大家照我说的，先练一练吧。"

"好的，江大哥！"三人中，闵浽回答的声音最大，眼中更是充满期待，他突然觉得能出来读书离开母妃也不是一件坏事，最起码，他可以正大光明地学骑马了。

看到他跃跃欲试的样子，闵江笑道："蒙小弟年龄还小，由我带着学，至于宋表兄和杨大少，这里正好有两匹书院专门供学子练习骑术的马，性情比较温和，你们就用它们练习吧。"

虽然不能自己单独练习有些失望，但有大哥手把手地教他，这是以前在王府怎么也不可能发生的事情，闵浽很快就同意了。而刚才书勤在仔细看了闵江的动作后，虽然还是害怕，但也有些跃跃欲试。

她一旁的莲心很不放心，见她抓住了缰绳，莲心也一下子抓住她的胳膊，低声道："公主，我看，咱们还是别学了吧。这马这么高，看着这么凶，万一你从马上掉下来怎么办？"

"应该不会有事的吧。"书勤抚了抚马匹的鬃毛，想着先同它"联络下感情"，笑着对莲心道，"书院的射御两科本就是辅助的科目，所以教授的内容也不会太难，

都是教导些相关的礼仪和一些最基本的骑术，故而马匹都是选的最老实的，绝不会选择烈马，让学生有受伤的危险，倒是江兄和蓝公子自己的马我不敢碰，他们的马可都是认主的，外人轻易靠近不得。"

"外人靠近不得？"莲心一愣，转头看向带着闵浈已经转了好几圈的闵江，"那小公子怎么能靠近江公子的马，而且，他好像一点儿也不害怕的样子。"

这一点书勤倒是没注意，更是因为眼疾，也看不到闵浈的表情，于是她笑道："那有什么，江公子带着他呢，它自然安分。"

说到这里，书勤决定不再耽搁，看到已经上了马，而且开始跑圈的杨大少，对莲心道："我总不能连杨大少也不如吧。你看，他骑得多自在，我听说，考校那天，他上了马就一动不动的，更不要说跑圈了。"

事已至此，莲心也不好再拦，只得道："那您小心，万一觉得不对劲儿，就赶紧跳马。"

书勤听了哑然，点了点莲心的头："那才是最危险的，恰恰相反，若是你不小心从马上掉下来，要快点儿重新上马，或者迅速躲开才对，否则被马儿踩到才是最危险的。"

"啊！"没想到自己竟然想当然地支错了着，莲心苦了脸，"总之，您一定要小心才是！"

书勤点点头，然后一只手紧紧抓住缰绳，另一只手则抓紧马儿脖颈处的马鬃，左脚则深深套进马镫里，随后她深吸一口气，左腿一使劲，右腿向后一甩，一鼓作气坐上了马背。

马儿因为脖颈的鬃毛被抓有些吃痛，再加上身上突然多了重量，所以摇晃了一下，书勤急忙放低自己的身子，让自己尽量低伏在马背上，手中紧抓的缰绳也向下降了降。

果然，在这一番操作下，马儿很快安静下来，书勤见状，稍稍直了直身子，看着下面的莲心笑道："看到没有，它果然很温驯。"

此时，闵江带着闵浈已经在马场里绕了好几圈，教导闵浈之余，他也看到书勤成功上了马。他微微一笑，看向了马场的一棵大树，却见剑生从树后露出头，冲他摆了摆手。

"大哥，你让我自己骑骑试试吧。"此时，闵浈央求道。

"好,我再带着你跑一圈,你再试。不过正如我刚才所说,绝对不能跑快了,知道吗?"

"我知道了,大哥放心,我马镫踩得紧紧的,肯定不会掉下去。"闵浚立即道。

"你要这么说,我反而不敢让你一个人骑马了。"闵江听得直皱眉,"马镫绝对不能踩太深,否则万一掉下去,你连挣脱都挣脱不了,会被马拖死,只用脚尖踩住就行了,而且要放松,身体不能绷得太紧,记住了吗?"

闵浚听了,立即收了脸上的笑容连忙点头:"我记住了,大哥。"

等又到了他们上马的地方,闵江下了马,让闵浚一个人骑在蓝星的后背上,闵浚立即操纵着蓝星小跑起来。不过,在单独放走闵浚之前,闵江拍了拍蓝星的脖子,在它耳边喝了声:"老实点儿,听到没。"

一旁仍旧骑在马上不敢乱动的书勤看得有趣,不禁问道:"江兄,你这么说,确定马儿能听懂?"

"它当然听得懂。"闵江笑了笑,不由得又看向剑生藏身的那棵大树,"只要主人经常同它说说话,你让它做什么,它就会做什么。"

"真的吗?"书勤笑着道,"我要是也能有一匹这样的马就好了,我一定会像对待老友那样对待它。"

"宋表兄放心,日后你定会心想事成。"闵江说着,看了眼她骑着的马,抚了抚它的后背,"差不多了,你试试看能不能走起来。"

"我?可以吗?"因为兴奋,书勤的脸颊变得通红。

看到她开心的样子,闵江的心中有那么一刻颇为动摇,但随即却低下头,不再看她的眼,不去看她脸上兴奋的笑容,而是低低地"嗯"了一声:"试试看吧!"

"好!"听他这么说,书勤再次放低了身子,然后紧紧踩住马镫,按照闵江刚才所说,轻轻夹了下马肚,命令道,"我们也走走吧!驾!"

随着她命令的发出,只见马儿果然慢慢地向前行去。

"公……公子小心呀!"虽然看起来这匹马十分温驯,可莲心还是很担心,不由自主跟着马儿小跑起来。

看到马果然走起来,书勤正兴奋着,自然顾不上理莲心,向前走了没一会儿,就到了拐弯处,她轻轻拉了拉左边的缰绳,马儿果然将头转向了左边,拐了弯儿。

剑生藏身的大树在闵江的对面,事已至此,他知道再无转圜的余地,只得硬下心肠向剑生发号施令。而就在他目不转睛地盯着书勤的马匹一步步接近那棵大树的时

候,却听段青云的声音从他的身后响起:"大家真是刻苦,好好的休沐日还在这里练习骑术。"

闵江心中一沉,然后笑着回头看向段青云:"段兄,你也来了,要不要也练习下?"

"我就不必了。"段青云笑了下,看向已经走到马场对面的书勤,"你跟宋贤弟很熟吗?"

"段兄问这个做什么?"闵江不动声色地问道。

"我只是想问问,宋贤弟的眼睛是不是不好?"段青云看着慢慢靠近那棵大树的书勤,低声问道。

"段兄何出此言?"闵江心中一紧。

"其实也没什么,有几次我同宋贤弟在走廊上遇到,远远地向她招手,她竟然没理会我,拐弯走了,害得我以为哪里得罪了她。"

"你同她面对面遇到,她却没理你?"闵江略作沉吟,然后笑道,"若是她的眼疾真的严重到如此地步,那日考校射箭的时候她又如何能得了八分呢?"

"说起这个……"段青云又抬头看了书勤一眼,见她眼看就要到大树处了,"我倒是有些佩服宋贤弟了。"

"段兄什么意思?"

"那日考校射箭的时候,我的弓出了点儿问题,教头帮我换弓的时候,宋贤弟突然向我求助,她说她看不清箭靶,让我指给她箭靶在哪里。我当时还以为她在开玩笑,便指给了她。可后来看到她似乎根本就没射过箭,就在后面帮她校了下准头。现在想来,若她的眼疾真的严重到这般程度,单靠我帮她上下左右说了一番,就能射中箭靶,也算是很厉害了……"

听他说到这里,闵江的脸色顿时黑如锅底,他转头看向他:"你为何告诉我这些?"

段青云没答他,仍旧盯着那棵大树看,随即幽幽道:"那棵树后好像有人,可是江兄安排的?"

说完,他看向闵江突然道:"江兄,你若再不阻止,可就来不及了。"

阻止?

没错,如果段青云说的是真的,他的确是错了……只是,如果段青云是诳他的呢?

不过,这个念头只在闵江的脑海中闪了一下,下一刻他已经冲了出去,而就在这时,却听大树后面传来一声奇怪的叫声,随着这叫声,书勤骑着的那匹马突然间变得躁动不安起来,紧接着它后蹄狠狠一蹬,就向前冲去。

原本温驯的马儿突然间狂躁起来,让坐在上面的书勤惊恐不已,慌乱间,闵江刚刚讲的那些注意事项她全然忘在脑后,除了紧紧抓住缰绳,紧紧贴在马上外什么都做不了,不仅如此,除了她的上半身,她的双腿也不由自主地夹紧了马肚子,这让马儿更加暴躁,反而冲撞得更厉害了。

"腿放松,抓紧缰绳!"闵江边向书勤的方向冲去,边大喊道。

狂躁的马儿在马场里横冲直撞,虽然书勤很想听闵江的,但是对于一个第一次骑马的人来说,她在马上能坚持这么久,已经算是少有了。所以,在又经过一次颠簸后,她的身体一歪,就从马背上掉了下来。可饶是如此,她的手仍旧不忘紧抓着缰绳,脚也使劲踩着马镫没有松开,不过随着又一颠,她的脚一滑,整只脚却都陷进了马镫里,竟然卡住了……

书勤整个人就这么惊险十足地挂在马背上,若是她的手过一会儿因为力气不足松开,她便会头朝下栽在地上,后果不堪设想。

这边的变故很快吸引了大伙儿的注意力,看到书勤的马惊了,戟月连忙将闵浚从马上扶了下来,生怕蓝星也会被惊到,让主子遇到危险。而杨廉也不知道是胆子太大还是吓傻了,连同他骑的马儿一动不动地呆在了原地。至于他所在的地方,刚好是惊马狂奔而来的正前方。

闵江从没想到事情会变成这样,他本来只打算让马儿受惊后试探一下端和公主的骑术到底如何,因为在危急时刻,才最能显露出她的真实实力。而且,若是因此能让她坠马受点儿小伤的话,他便可以以此为借口找书院的大夫替她医治,想办法令她女子的身份曝光,到了那时,就算赵士谦是山长,也只能让她离开。

但是,他完全没想到马会发狂,更没想到端和是真的不会骑马!

眼下这种状况,他只能尽最大的力气补救,于是他绕到了马儿的侧前方,就在马儿冲过来的时候,他身子一斜,闪到了马侧,然后抓住马鬃一使劲跃上马背,紧接着他一只手抓住缰绳控制住马,另一只手则抓住书勤的手,然后一把将她拉了上来。

不过,虽然书勤被拉了上来,但她的脚仍旧卡在马镫里,马儿也并未停止狂奔,而是直奔前方而去,眼看就要撞到杨廉和他骑的马匹,她同闵江的处境顿时危险至极。

而这个时候，杨廉才猛然反应过来，随着他发出"啊"的一声大叫，他终于从马上跳了下来，但他因为下来得仓促，连带着狠狠地踢了马肚子一下。于是只听到一声长嘶，他骑的那匹马也向前冲去，转眼间就同书勤的马撞到了一起。于是乎，两匹马同时摔倒，而书勤的这匹刚好被撞到了马腿，倒地后惨叫了几声，便再也起不来了。

虽然连着马匹一起摔倒在地上，但是，如今马儿不再狂奔，闵江和书勤反而安全了，趁这个机会，闵江从马背上跃下，迅速帮着书勤把脚从马镫里退出来，然后立即抱着她到了安全的地方，放下她后，他马上蹲下来检查她的脚腕："你动动，看看有没有摔断。"

脚腕被马镫卡住，很容易在马儿的狂奔中受伤甚至折断，虽然书勤并没有从马背上落下来，也没被拖曳，但还是保不准在挣扎的时候被伤到。

被他连拽带抱地送到了安全地带，书勤的脸颊已经涨得通红，她边活动着脚腕，边向后退着："没事没事，就是有些皮外伤。"

"被马拖了那么久，怎么会没事？"

见她不停地向后躲着，闵江有些火大，抬头看向她，却见她的脸颊已经红得像只熟透的虾子，不由得一怔。而这个时候，其余的人也赶到了。莲心一过来，就扑向了书勤，带着哭音道："公……公子，您，您没事吧！吓死奴……奴才了！"

闵江脸色一沉，这才从地上站了起来，他再转头，却见段青云已经不见了踪影。

"哎呀，吓死我了，吓死我了，我差一点儿就被撞到了。"这个时候，杨廉也挤了进来，一脸夸张的表情，"宋贤弟，你没事吧？"

"我没事，真的没事。"书勤急忙走了两步，手则藏在了袖子里，她的脚刚才动过了，很幸运没有大碍，充其量只是有些小的擦伤，不过她的手却被缰绳勒得生疼，有破皮和血痕。

"没事就好，没事就好。"蓝少陵刚刚也是出了一身的冷汗，此时见书勤没事，转头看向闵江，"多亏江兄及时冲了过去，要不是江兄，只怕这次就糟糕了。"

闵江闻言，脸上一寒，转身便要离开，可刚挤出人群，却见闵浸气喘吁吁地赶来，等到了他面前，立即问："大……江大哥，我表兄没事吧，刚才戟月拦着我就是不让我过来，你们……你们都没事吧？"

"没事，都好得很！"

闵江说完，看也不看闵浸一眼，便自顾自地离开了。

离开跑马场，拐进内院，刚进院门，便见段青云站在花池的前面，背对着他。闵江脸色铁青地走向他:"你到底是谁?"

段青云对他笑了笑,突然拿出一块刻着飞鹰的金色牌子在他眼前晃了晃,随即收回,继续背对着闵江道:"陛下听闻未来的岭南王妃在岭南不太平,所以派我来瞧一瞧,结果果真不太平。"

"鹰卫?"闵江脸色一滞。

段青云回身望向他,说道:"世子大人,若是陛下知道您竟敢故意伤害公主,您觉得陛下会如何看待你们岭南王府呢?"

"真是陛下让你来的?"闵江沉着脸问。

"呵,先是强盗,如今又坠马,若是你的儿女,你能放心?我劝世子大人还是好好想想陛下的圣旨,虽然陛下在千里之外,可也不代表什么都不知情。"

段青云说完,沿着花池旁的小路慢慢离去。见他就这么走了,闵江的脸色立即变得晦暗不明,就在这时,却见一个身影从旁边闪了出来,剑生现身,他一脸懊恼道:"世子爷,我没想到马儿会发狂,它一向很听话的。我只是按您的吩咐,想让它突然加速,这样一来,不但能测出公主在马上的应变能力,即便被甩下来也不会太严重,可是……可是它怎么会发狂呢……"

"好了,别说了。"闵江低声呵斥道。

"这是……怎么回事?刚刚那马,是你们故意弄惊的?"闵江一转头,却见蓝少陵正站在他的身后……

第十四章
男人心亦海底针

后院练习骑马的结果就是赵先生罚了看管马匹的教头一个月的薪俸,而书勤他们这些私自练马的学子则是每人罚抄了十遍《论语》,哪怕是书勤受了伤也不例外。至于其他的处分,赵先生决定等众人交了被罚抄的文章再做定夺。

一本《论语》一万五千余字,若是不熬通宵,几人在课余的时间里抄写,最快也得抄三天,十遍就是三十天,而林学监来书院巡查的时间大概在一个月之后。很显然,书院这是警告几人安分守己一些,不要在林学监到达前再惹出其他祸端。

众人甘愿受罚,好在这段时间书院正忙于准备迎接林学监的巡查,此事便就此打住,否则即便书勤没出什么事,几人也逃不了一个大过的处分,就连杨廉都觉得这一次书院高抬贵手,罚得轻了。

这一日,书勤刚把自己抄好的第三遍《论语》送去夫子的书房,打算让其审阅,哪想到路上却被人唤住。

书勤回头,只见一个学子装扮的人走到了她身后五尺之外,有礼道:"宋兄,夫子不在,你改日再来吧。"

"你是……"虽然已经上山一月有余,但是因为她的眼疾,他们乙班里的学子她仍旧认不全,又何况其他学子。

那个学子笑了笑:"我是刘清呀,难道宋兄不认得我了?"

"刘清?我们乙班的刘清?"书勤眸子闪了闪。

"不然是谁?"刘清说着,却并不向书勤靠近。

虽然这个刘清只离她不过五尺,但是书勤看他的脸还是模模糊糊的一团,的确是辨认不出来。不过,即便这样,也不代表她好糊弄。于是她也笑了笑:"我们乙班一共二十名学生,刘清我也认得,我却不记得见过你,兄台为何要冒充刘清?"

"你没见过我?怎么会,你再好好看看!""刘清"说着,人却往后退去。

"别走,你是谁!"书勤又哪里肯听他胡说,人已冲了过去,想要抓住他。

于是,"刘清"脸色一变,也不再同她说话,而是转身就走,书勤也随即追了上去。

不过可惜,此人走得极快,书勤又因为追得太急,脚下没留意差点儿被石级绊倒,而等她稳好了身形,再抬头寻找时,那人已经不见了。

书勤记得这走廊的尽头有一扇小门,怀疑他从那里离开了,正要继续去追,却不想听到后面有一个熟悉的声音唤她,她转头,却见一个身影向她走近,待到离她不远的地方,那人又开了口:"宋表兄,你怎么急匆匆的,出什么事了?"

书勤立即认出来了，对方是蓝少陵。

"蓝公子来得正好。"看到是他，书勤连忙道，"刚才有人冒充我们乙班的学生，还想诓我，被我识破逃走了，我正要去追，蓝公子同我一起吧。"

"冒充乙班的学生？"蓝少陵闻言一愣，"咱们书院应该不可能有外人混进来吧，就算不是乙班的，也是其他班的，他又何必在你面前冒充？"

"所以才奇怪呀。"书勤皱着眉头道，"乙班的学生每一个我都认得，他怎么非要在我面前冒充呢？"

蓝少陵不禁笑道："你刚来一个多月，也许认错了呢？我也经常遇到这种事，刚认识不久的一个朋友，第二次见面就忘记长相，稍微长得相似些，就会被我认错。"

"不会的，样子可以认错，声音不会错……"

说到这里，书勤的声音一顿，转了话题道："我的意思是，这个人我不但没见过，声音我也没听过。而且，蓝公子刚才举的例子同此时的情形不同，你的朋友毕竟是有一阵子不见了，而我们在讲堂里，可是天天都见面说话的，怎么可能认错。"

听她这么说，蓝少陵的脸上才闪过一丝郑重，点头道："宋表兄说的是，看来这人大有问题，我这就追去看看，对了，你能不能给我说说他的样貌，我好按图索骥，免得找错了人。"

这一次，书勤却愣住了，摇头道："算了吧，他的样貌我也不知道该怎么描述。而且那个小门通向后院，我猜他若是有问题应该早就跑掉了，不过蓝公子这几日一定要多注意书院里形迹可疑的人，一旦发现一定要叫上我，让我去辨认一番，看看是不是这个人。"

"辨认？你不是说他的样貌不知道该怎么描述吗？"蓝少陵眼神微闪，"你打算怎么辨认？"

"样貌我记不清楚，但是他的声音我记得住。"书勤很是肯定地答道。

同书勤分开后，蓝少陵迅速走到前面，进入那道小门，刚刚那个自称刘清的学生果然站在过道里，而在他的身边还站着另一个人，正是闵江。

见蓝少陵回来，闵江对那个学生挥了挥手，学生会意，立即向他行礼离去，见对方走了，蓝少陵才斜睨着他道："都听到了？"

"这样还是无法证明她有眼疾。"闵江撇了下嘴，"否则她怎么能看出这个刘清是假的。"

"哎哟,我的世子爷!"蓝少陵叹道,"与其你这样猜来猜去的,倒不如当面问她,你是挺爽快的一个人啊,怎么现在反而钻起牛角尖了?连'惊马试探'这种主意都想得出来,你真的觉得小公子同她在一起这么危险吗?还是单纯看不惯她?"

"反正我就是不信她来岭南的目的这么简单。"闵江眉毛一挑,"十年前的事情我想你一定听说过吧,西川王一家是怎么被诛的,你难道忘了吗?"

"所以,她见了你三次面都没有认出你来,反而以为你同岭南王府有仇,你就以为她心怀叵测,动机不纯?"蓝少陵忍住笑,"可是我怎么觉得,你是因为被她忽视了,心里不舒服,所以才要给她安上一个动机不纯的罪名呢?"

"胡说。"闵江的脸色立即黑下来,"你以为我是三岁小孩儿吗?"

"世子爷当然不是,不过世子爷,你自小习惯了众星捧月,成为万众的焦点,这偶尔一次被人彻底无视,不放在眼里的滋味是不是很不好受呢?"

见闵江的脸色愈加阴沉,蓝少陵又笑眯眯道:"听你说了你们几次见面的情况,我倒觉得,会不会是第一次碰面时你离她太远又穿着盔甲,她根本看不清你的样貌。第二次因为你站在她的身后,迎接的人又多,她根本看不到你,才没有记住你的声音和样貌。而第三次,虽然你们面对面,但藏书楼里的光线太暗,再加上你的声音因为伤风同平日不同,她只是听到你的口头禅才认出了你。至于第四次嘛……你的伤风好了,声音恢复了正常,而你又忍着没带出你的口头禅,她才会真正记住了你的声音和样貌,把你认成了你自称的江自流?其实,想要证明这一点很简单,你只要找机会在她面前'嗤'一下,看看她能不能认出你来,一切就真相大白了。"

"本世子为什么要这么做!"闵江不屑地抬了抬下巴。

"你看你看,你还说不是介意她眼里没你!你这是在同她赌气呢!其实我觉得,你心里还是挺在乎她的,不然的话,那日你也不会放弃计划,冲过去救她了。我当时还奇怪,怎么那马还没动静,你就已经冲过去了,还以为你提前瞧出端倪,相马的本事又高了,结果却是你打算阻止剑生。你心里是不是早就确定她患有眼疾了,只不过那日她箭法精准,让你大吃一惊,以为自己被她骗了,才会恼羞成怒。我说得对不对,世子爷?"

不愧是从小一起长大,蓝少陵分析得几乎针针见血,但他越是这样,闵江就越觉得心中不快,当即转身就走:"总之,我还是不信她只凭声音,就能分辨出刘清的真假。"

没想到闵江一门心思钻进牛角尖里,蓝少陵撇了撇嘴,他同闵江可是从小到大的

交情，怎么也不能看着他陷在当中拔不出来。正在这时，他忽然听到外面的走廊上传来闵浸同杨廉的声音。原来他们也是交罚抄的《论语》来了，蓝少陵的眼睛立即亮了，马上追了出去。

不过，他刚刚离开，却见从院子的角落里闪出一个纤细的人影来，她看了看蓝少陵的背影，又瞅了眼刚才闵江离去的方向，她喃喃自语道："世子爷？岭南王府的世子爷？"

晚上睡觉前，莲心刚刚为书勤敷上药泥，却听书勤突然问道："莲心，我眼睛的事情，你没同其他人说过吧？"

"眼睛的事？"莲心一愣，"殿下，您不让奴婢说，奴婢半个字都不敢同外人提。不过，有一次戟月看到我到树下埋药渣，倒是问起我来着。可虽然被他瞧见了，奴婢也只对他说，是调理女子血虚的药物，他也就没再问了。"

"那就怪了。"书勤听了，皱了皱眉，"今日在走廊上，一个人冒充刘清试探我，被我察觉跑掉了，他又是怎么知道的呢？"

"试探您？他为什么试探您？"莲心好奇地问道。

书勤顿了顿："我也不知道，总之，你最近处理药渣的时候再小心些吧。"

"好的，殿下。"

她倒是不惧书院的人查出她患有眼疾的事情，毕竟，在赵士谦那里她都已经报备过了，她只是怕岭南王府那边卞姑姑出事，不然的话，好端端的，试探她的眼睛做什么？

伴随着药泥的清香，书勤渐渐进入梦乡，而在睡梦中，她真的看到卞姑姑被五花大绑地跪在地上，而她旁边还站着一个人，等她看清楚那人的样子，却吓了一跳，因为那人竟然是她自己……

她立即出了一身冷汗，惊醒过来，天却已经大亮。她觉得口渴，唤了声"莲心"，却没得到回应，便自己下了床，却见角落里的小床上空空的，被子也叠得整整齐齐，想来对方应该是早就起来了。

既然公主殿下不喜欢别人知道她患有眼疾的事情，莲心便每日起个大早，背着戟月和闵浸，将药渣埋在院子里的桂花树下。

他们院子里的这棵桂花树，据说是书院建成那日被第一任山长种下的，现如今已逾百年。听说，一到桂花花开的日子，不但满院都是桂花的香气，连院子外面都溢满了花香，引得学子们驻足观望。

刚到桂花树下，莲心正要把药渣埋到刚挖好的坑里，却见戟月不知道从什么地方跳出来，而他身后，竟然跟着小公子闵浚。

见到是他，莲心连忙给闵浚请安。

"莲心啊，你鬼鬼祟祟地在树底下埋什么东西呢？"闵浚笑眯眯地问道。

瞥了旁边的戟月一眼，莲心恭恭敬敬地答道："回小公子，是一些治疗女子血虚的药，出来的时候，卞姑姑吩咐过了，殿下身体虚寒，让奴婢带了些药材过来，好为殿下调理身体。"

"真的吗？都有什么药？"闵浚低头看了看那些药渣，发现已经全都变得黑乎乎的，根本就看不出来是什么。

莲心笑道："奴婢怎么知道，都是卞姑姑包好了让我带来的，每次熬一小包即可，奴婢不是大夫，只是按照吩咐伺候公主殿下。"

莲心一口咬定是治疗血虚的药物，闵浚还真不好再说什么，只得让她埋好了药渣，回去了。

不过她刚刚进了屋，他就立即指挥戟月道："快，快把它们挖出来，咱们拿给少陵哥去。"

看着桌上的药渣，以及旁边附上的方子，闵江的脸色有些难看，隔了好久才道："你的人真的这么说？"

蓝少陵笑嘻嘻地点头："我先让书院的大夫看了，的确是治疗眼睛的药，而且，我还让人回南临查了，她们主仆的确去城里的精诚医馆瞧过病。我家的小厮给了那个药童十两银子，那药童把方子都拿出来给我了，好像还有一些药泥，是专门敷眼睛的，临走前，那个卞姑姑还特意从郎大夫那里多拿了些。那个药童说，由于这种药泥配起来十分麻烦，他们足足配了大半夜呢，所以到现在还记忆犹新。书院的大夫说，从这个方子看，她的眼疾已经十分严重了，应该是平日用眼太过的缘故。"

"她倒是颇爱看书，听说在天养园的时候，一日里倒有大半日都是待在藏书楼里。"听着蓝少陵的话，拨弄着纸包里的药渣，闵江有些出神。

"你看吧，你看吧！"蓝少陵使劲摇动着扇子，"现在你总该相信了吧。"

"可既然如此，生了病治就是了，她又为何遮遮掩掩？还有，不是早有传言，她曾经在围猎时，在马上一箭射中鹿眼吗？还因此受到了陛下的嘉奖……这又怎么说？"

"你也说是传闻了,宫里传出来的事情,有几句是真的,这你也能信?还是那句话,你为什么不亲自问问她呢?"蓝少陵叹了口气,"她毕竟将来是你的王妃呀,以后过日子,你们不能总这样猜来猜去的吧!"

这次,闵江抿紧了唇,不再说话了。然后他站起身来,将桌上的药一包,收了起来,这才道:"这件事情你不用管了。"

他不用管了?

他是认可了他的调查结果,还是仍旧不肯相信他的未婚妻是因为眼疾才认不出他来?

就在蓝少陵错愕的时候,闵江已经离开了房间。

不知不觉中,闵江来到后院的那片竹林前,段青云的身份,他终究没有向蓝少陵提起,而对段青云的说法,他也仍旧存疑,只是,对于端和患有眼疾这件事情,他知道,自己的确是太想当然了。也许蓝少陵说得没错,他大概就是对被她忽略暗自不爽吧。

只是,为什么偏偏是她?

林中光线昏暗,转出竹林,再次来到上次他见到段青云和端和说话的那处小溪前,却见有一个人已经坐在了溪边的大石上。竹影婆娑,影影绰绰地映到此人的后背上,闵江一下子就认出了她是谁。他微微一愣,刚要离开,哪想身子刚转了一半,却听她唤道:"谁,谁在那里,出来!"

说着,她已经从大石上站了起来,竟然向他冲了过来。

闵江见状一怔,正错愕的时候,却见她已经到了近前,然后抽出一根不知道从哪里捡到的树枝,抡起来就打:"鬼鬼祟祟的,上次冒充刘清的也是你吧!"

一把抓住她抡过来的树枝,闵江无奈道:"宋勤,是我。"

听出闵江的声音,书勤一下子松了手,她连忙后退一步,辨认了下闵江脸颊的轮廓,这才不好意思道:"原来是江兄,我……我……这林子里太暗了,我没认出来。"

"嗯"了一声,闵江将树枝扔到一旁,径自走到了溪边,在她原本坐着的那块大石上坐下,犹豫了一下,貌似不经意地问道:"听少陵说,前两天有人冒充乙班的学生想要诓骗你?"

"蓝公子都同你说了?"书勤也坐到一旁,看着小溪出神,稍显不安道,"的确如此,不过,虽然我的眼神不太好,可我耳朵好使,已经记下了他的声音,日后他要再出现,我一定能认出他来。"

"你的眼睛不好?"闵江故作吃惊地问道,"怎么从没听你说过?真看不出来,那入学时射箭的考校你是怎么通过的?"

书勤沉吟片刻,坦诚道:"上次多亏江兄救了我,算上这次,江兄已经救过我三次了,有些事我也不瞒江兄了。"

"怎么?"闵江声音微沉,"其中可是有隐情?"

书勤笑了笑:"是段兄帮的我,若不是他,只怕我连箭靶都看不到。这件事情我已经告知赵先生,并向先生请罪了,先生暂时原谅了我,但是日后我的骑射还是要补上去的。"

"段兄?段青云?"听到书勤的说辞同段青云如出一辙,她甚至还告诉了赵士谦,闵江终于相信书勤的话是真的了,但是心中不知怎的却有些别扭。

段青云说他是鹰卫的人,而鹰卫则是皇帝直辖的暗卫,专司监视皇子大臣之职,而他竟然被派到了岭南,派到了端和身边,难道是有什么对她不放心的吗?还是如同段青云所说,他只是被派来保护公主的,是皇帝爱女心切,怕女儿在岭南受了委屈?

但无论哪个原因,现在看来,端和都不知道他的身份,而且还唤他"段兄"。

"嗯,这次若不是段兄帮忙,我怕是早就被请下山了。"书勤低声道。

"你很喜欢竹林?"既然她不知道段青云是谁,他也没必要同她聊这个人了,于是闵江转了话题。

提起这个,书勤的脸颊就像发了光,顿时打开了话匣子:"是呀,以前我家后山就种了一大片竹子,我小时候最喜欢跟爹爹在竹林里玩捉迷藏了,爹爹每次都抓不到我,我后来才知道,其实爹爹是故意哄我开心,逗我玩儿呢。"

说到这里,书勤的眼中闪过一丝怅惘:"不过可惜,现在不行了。"

闵江看着她,心中却猜测她说的一定是宫里的某片竹林,而她口中的爹爹自然是当今的皇帝。

真没想到,如此寡恩薄幸的皇帝陛下,对端和竟然如此宠爱。可既然如此宠爱她,为何舍得将她远嫁到岭南?不过端和的父亲只有一个,而皇帝陛下却有二十多个儿女,这种像普通人家父亲的宠爱,又怎么可能长久?

看到她眼中的落寞,闵江从大石上站起,喃喃道:"我竟然不知道。"

说着,他没同书勤再说任何话语,而是一言不发地离开了竹林。

见他就这么走了,自己唤了好几声他都没有回头,书勤觉得有些奇怪。自从马场

遇险后，她就很少见到他，即便是中午在饭堂吃饭的时候，也是独独不见他，让她想谢他都没有机会。

而现在，他们不过是说了几句话，这位江兄就一言不发地走了，看上去心事重重的样子，实在是奇怪。

"江兄，江兄！"书勤决定问个清楚，也急忙跟着他追了出去。

人虽离去，竹影仍在，溪水也仍旧淙淙地冲刷着水中的大石，并没有因为任何人的离开改变它们的光影声色，同样地，它们也不会因为某人的突然到来做出改变。

段青云默不作声地从藏身之处走了出来，青色的长衫同青色的竹林交相辉映，让他就像是融入了这片林子里，就连他的声息也同溪水的声响连成一气。

他已经在林子里待了好久，书勤也就算了，闵江竟然也未察觉，想必刚刚他的心思极重，暂时失去了以往的敏锐。只是，究竟是什么让一向机敏的岭南王世子如此魂不守舍呢？

想到那日他不过是说了几句话，就让闵江察觉出他身份的不一般，而即便如此，闵江在无法证明他话中的真伪，对他身份不明的情况下，还是改变了自己的主意。显然，这位世子远没有他表现出来的那么冷清，所谓欲盖弥彰，大概也就是如此。

不过可惜，用力过猛的结果，反而暴露了真正的心思，这一点，只怕这位岭南王世子自己也没想到。

或许有一句话可以形容此时的世子爷，那就是"剪不断理还乱"。丝丝扣扣缠缠绕绕，世子爷……你该怎么解开呢？

段青云微微笑了笑，随即又看了眼身后的竹林，一脸不舍道："看来，这片竹林以后是来不了了！"

随着林学监巡视的日子越来越近，书院里的气氛也越来越紧张了，如今已经初步定下来，在林学监来的那几日，举行六艺大赛，规则也一并定下来了，获胜的学子可以得到学监的亲自授奖。而大赛之后，林学监离开之前，为了调节气氛，还要举行曲水流觞的诗会，邀请六艺的获胜者参加。

诗会就在后山的林子里举行，因为山中正好有一条贯穿书院内外的小溪，这样一来，即便是没有受邀参加诗会的学子，也可以在小溪中放下题目，让参加诗会的学子们即兴答题，等于是将整个书院内内外外融在了一起。

既然规则定下来了，书勤也松了口气，显然只要她不报名，不参加这次六艺大赛,也就没有进入三甲的机会,见不到那个林学监了,也就能够在诗会举办时,躲在自己的院子里,安安静静地等林学监离开。

只是,虽然她是这么打算的,可是书院中,赵先生却对她期望颇高,只因为她入学时礼乐书数四科的成绩考得太好,几乎全部满分,所以,这日她跟着闵浸去后面的小院打牙祭的时候,赵先生直接告诉她已经替她报了名,更提出希望她直接进入前三甲的期待。

对于先生的期望,书勤只得含糊地应对过去,虽然自己已经被先生报了名,但是心中却很清醒,自己是说什么都不能进入前三甲的,这次只怕要让先生失望了,便在心中暗暗向先生道了声对不起。

离开小院的时候,书勤刚好遇到赵小姐从外面走进来,赵敏萱的手中提着一个篮子,看来刚从山中回来。

书勤和闵浸立即向她打了招呼,看到是他们,赵敏萱笑道:"蒙小弟,明日可有空,要不要一起下山玩儿?"

"下山?"闵浸的眼睛立即亮了,"要到哪里去玩儿?"

明日正好又到了半月一轮的休沐日,闵浸早就打算出去转转了,可就是一直定不下来去哪里,倒是杨大少力邀他们去他家转转,让他好好招待他们一番,但是他大哥却似乎不太感兴趣,搞得闵浸也不知道该不该去了。如今敏萱邀他出门,他也正好借机看看,自己到底要跟谁出门。

敏萱看向闵浸,笑了笑:"你看,我采了些花蜜,明天打算去山下的镇上换些东西,要不要一起去?"

"花蜜?"闵浸听了立即道,"可是赵婶婶做蜜蜂糕用的蜂蜜?"

"正是。"敏萱点头,"我家在山中养了些蜜蜂,已经好多年了,每年都会产出不少蜂蜜,我们吃不了,我娘就让我拿到镇上去换东西,去年,我和我娘还换了一匹布,一人做了一身衣裳呢。"

"照你这么说,你家的蜂蜜还真是很受欢迎了。"书勤笑道。

"可不。"敏萱眨了眨眼,狡黠地一笑,"秦麓峰上的状元蜂酿的状元蜜,只此一家,别无分号。"

"状元蜂酿的状元蜜?原来竟是如此!"书勤哑然。

"这个好玩儿。"闵浸立即有了兴趣,转头看向书勤,"表兄也一起来吧。"

"是呀,宋公子也一起来吧,老在书院待着多无趣呀,不如趁这个机会出门转

转。"敏萱也极力劝说。

此时，书勤正因为自己无论如何都不能进入前三甲的决定，对先生正愧疚着，赵敏萱又如此力邀，于是点点头："那好吧，咱们明天就下山转转，见证下你这状元蜂酿的状元蜜有多受欢迎。"

"嘿嘿，把戟月和莲心也带上，他们估计也在山上憋坏了。"见书勤同意了，闵浟立即开始掰着手指头算起了人头。

比起去杨大少家吃吃喝喝，当小贩卖蜂蜜还是头一次，他自然兴致盎然。

"好呀。"敏萱笑眯了眼，"你们若是还有朋友想一起来，就让他们一块过来，人多还热闹些，我带你们去吃松阳镇上最有名的蒸肠粉。"

第二天一早，吃了早饭，书勤和闵浟就带着莲心和戟月前往书院的后门，他们同赵敏萱约了在后门会合。两人刚进了后院的跑马场，便见闵江从外面回来，应该是一早出去练功去了。

在王府的时候，闵江就养成了早晨练功的习惯，如今到了秦麓书院，山中空气清新，几个吐纳下来就让人神清气爽，闵江更是没有忘记早已养成的好习惯，起得更早，练得也更勤了。

看到闵浟和书勤，闵江一愣："你们是去杨家吗？蓝少陵呢？他不去了？"

闵江早就听说杨大少邀请他们今日下山去他家串门，而且蓝少陵也应了下来，问到他的时候，他根本不感兴趣，便一口拒绝了，如今看到闵浟同书勤出门，以为他们也是要去杨家，只不过这个时辰，蓝少陵一定还在赖床，绝对起不来的。

"我们才不去杨家呢，吃吃喝喝有什么意思。"闵浟一脸的兴奋，"我们要跟敏萱姐姐下山卖蜂蜜去。"

"卖蜂蜜？"闵江皱了皱眉，脱口而出道，"不许去，小小年纪，卖什么蜂蜜，有那时间还不如多背几篇文章。"

堂堂岭南王府的二公子，竟然像小贩一样去卖蜂蜜，这成何体统，若是传出去，岂不是笑掉南临城那些世家公子们的大牙。

听闵江一说，闵浟立即苦了脸，但是他马上眼珠儿一转，撇嘴道："江大哥跟我爹似的，这也不许那也不许，不过，幸好我爹没跟过来，嘿嘿。"

说着，闵浟拉着书勤就往外走，同时还对闵江挤眉弄眼的，这让闵江的脸一下子就黑了。

虽然非常同意闵浚的话，觉得江自流管得太多了，但是，他毕竟也是为了闵浚好，于是书勤立即道："江兄放心，敏萱小姐已经不是第一次下山了，这个镇子又不大，不会有事的，赵夫人也同意了，就是烦劳你同蓝少陵说一声，我们不能同他一起去杨家了，让他自己去吧。"

自从上次在竹林里又遇到之后，这几日闵江总是尽量避开书勤，此时见她替闵浚求情，立即将脸颊转向了一旁，哼道："跟我有什么关系，我又不是他爹。"

闵江说着，也没再阻止闵浚，更没有再同书勤说话，而是一转身，走了。

闵浚本以为大哥还要再唠叨几句，甚至连理由都找好了，却没想到他就这么走了，一时间还以为他生气了，连忙又往回跑了几步，眼神闪烁地喊道："江……江大哥，你要不要一起去？"

闵江的身子一顿，他自然听到了闵浚语气中的试探和小心翼翼，心中立即一软，然后转头再看向他，却皱了皱眉："你以为我像你们那么闲？我还要准备六艺大赛呢，你……嗯，你们早去早回！"

他的言下之意自然就是同意闵浚出去了，这让闵浚开怀不少，生怕闵江再改变主意，急忙拉着书勤往外走，边走边说道："江大哥放心，等我回来的时候，一定给你带好吃的。"

大哥的默许，让闵浚越发兴高采烈，倒是书勤的脸上有些落寞，一副心不在焉的样子。自从上次在竹林里遇到，闵江突然匆匆离去后，她最终也没追上他问个清楚，到现在还耿耿于怀，不知道自己是哪里得罪了他。

当闵浚问了书勤好几遍有没有带够银子，都没得到回应后，他使劲捅了捅她："宋表兄，你怎么一副魂不守舍的样子？"

腰间的软肋被他捅得生疼，书勤终于回过神来，看着他尴尬地一笑："没什么，我就是觉得江兄最近好像挺奇怪的。"

"奇怪？"闵浚一愣，"哪里奇怪了？"

"你觉不觉得江兄好像在有意躲着我们？"书勤皱了皱眉。

"躲我们？"闵浚仔细想了想，"没有呀，我怎么没这种感觉？"

别说躲了，最近他大哥总是趁他一个人的时候找他说话聊天，一聊还聊好久，而且每次大哥问起他平日的起居，都免不了问起公主殿下，好像生怕她欺负了他似的。

要是这么说的话，倒是蛮奇怪的。

闵浚正要向书勤提起，却不想从他们旁边的过道上走来一人，见他们想要出去，打招呼道:"这么早,你们这是要去哪里呀?"

来人不是别人,正是段青云。

段青云的出现,暂时打断了书勤同闵浚的对话,书勤立即对他笑着打招呼:"段兄,早啊。"

"早!"段青云也对他们点了点头,然后看着戟月和莲心手中拎着大包小包,恍然道,"你们也要去杨家?"

杨大少几乎将所有的新生邀请个遍,实在是热情得很,而段青云这个同班同学自然是他第一个邀请对象,不过可惜,同闵江一样,段青云也丝毫不感兴趣。

"那倒不是,就是到镇子上去走走。"书勤笑道,"顺便陪着敏萱小姐去换点儿东西。"

"真是巧了。"段青云笑道,"我也要下山一趟,不如一起吧。"

敏萱在后门等了没一会儿,就看到书勤和闵浚带着人出来了,她立即一脸欣喜地迎了上去。只是走近一看,发现只有他们两个人,却怔了一下:"只有你们?"

"杨廉我可不敢请他,少陵哥哥应了杨大少的邀请,要去他家,我也不敢同他提,省得再让杨大少知道了,江大哥要在山上准备六艺大赛……"闵浚掰着手指一个个说道,"不过嘛……"

说到这里,他看向身后,却见段青云从后面走了出来,对赵敏萱拱手施礼:"赵小姐!"

"这位是段兄,也是跟我们同一天到的书院,听说敏萱小姐自己酿了蜂蜜去卖,十分感兴趣,也想跟着过来瞧瞧。"书勤向敏萱介绍道。

"都是粗酿的蜂蜜,有什么好瞧的。"敏萱勉强笑了下,然后又看了闵浚身后一眼,确认再没有其他人跟上来后,她收起脸上的落寞,转身在前面带路,边走边说道,"这次咱们下山,先去把蜂蜜兑给杂货铺,等得了银子就去镇上最有名的红姑子巷逛一逛,那里有很多美味的小吃,还有耍把式卖艺的,可有趣了……"

闵江回了房间,蓝少陵果然才刚刚睡醒,正抱着被子在床上赖床,看到闵江晨练回来了,他懒洋洋地问了句:"你今天真的不去杨家看看啦?"

"我去他家做什么?"闵江撇了撇嘴,"我跟他又不熟。"

"好吧好吧,你是世子爷,你最大!"蓝少陵嘴里嘟囔着下床穿衣洗漱,这个点儿他才起床,饭堂肯定没饭了,所以他决定早饭午饭全都在杨家解决了,反正杨家是大户,吃的喝的肯定比书院好。

蓝少陵心中正盘算着,却见从门外跌跌撞撞地冲进来一个人,一进来就抱着他的胳膊"嗷嗷"大叫,蓝少陵被吓得一个激灵,就连闵江也吓了一跳。结果看清来人,闵江皱紧了眉喝道:"杨廉,你号什么号,天还没塌呢!"

"完了完了,这下全完了!"被闵江呵斥,杨廉的动作收敛许多,却开始一把鼻涕一把泪地抱着蓝少陵哭诉道,"我的鹿儿跟别人跑了。"

他这句话,把闵江吓了一跳,但是转念又一想,自己刚刚在后门处还看到闵泱他们,他们可是说要同赵小姐一起下山来着,怎么可能转眼间赵小姐就同人私奔了呢?

于是他皱眉道:"你好好说,到底怎么了?"

"就是……就是我的鹿儿,她……她跟别的男人下了山,就是那个……那个宋表兄!我就知道,这个宋表兄男生女相,平日肯定少不了招蜂引蝶,可我没想到,她竟然会看上我的鹿儿。平日里听说她也老去赵先生的院子,原来是这个缘故!这可怎么办?我的媳妇没了,我的鹿儿要被别人骗走了。"

听完他的话,闵江和蓝少陵终于明白发生了什么,蓝少陵忍住笑安慰道:"杨兄放心好了,宋表兄是看不上你家鹿儿的,你家鹿儿也不可能嫁给她。"

"你是说宋表兄家世显赫,我家鹿儿配不上他?"杨廉听了更是愤愤,攥紧拳头道,"这样更不行,那我家鹿儿岂不吃了亏,不行,我一定不能让他们就这样下去。"

说着,他一脸抱歉地看向蓝少陵:"蓝公子,看来今天我没法陪你了,我来是告诉你一声,今日我要下山跟着鹿儿,暗中保护她,所以,不能请你去我家了,等下次,我一定双倍补上。"

蓝少陵刚刚还在盘算到他家打牙祭,结果就为这么点儿事,他就要取消行程,这怎么行?于是蓝少陵急忙拉住他的胳膊,耐心劝解道:"我说杨兄呀,你好好想想,本来人家俩人好好地逛着街,结果你突然冒出来,是不是太冒失太扫兴了?若是他们本就没什么,你反而跟着人家,会不会让赵小姐更不高兴?"

"她不高兴也没办法,我可是她的未婚夫,她跟别的男人在一起,我还不高兴呢。"杨廉嚷嚷着,就要挣脱蓝少陵的手往外冲。

蓝少陵只得继续劝解道:"她们不可能只是两个人去的吧,最起码她的书童应该还跟着,所以,只要不是两个人单独在一起,就不会有事。光天化日,朗朗乾坤,她们能做些什么？你还是别忧心过度了，这个时候你反而要表现得大度一些，这样才能给赵小姐和赵先生留下好印象，让他们认为，日后赵小姐嫁给你，也不会受委屈，不至于太过拘束。"

听了蓝少陵的一番开导，杨廉的脸色才缓和了些，他想了想，点了点头："蓝公子这么说，倒是有些道理，我家鹿儿的确不是一个人跟着宋表兄去的，蒙小弟和他的书童也在……"

"我就说吧。"蓝少陵笑眯眯道，"我看呀，咱们倒不如按照原计划下山，同时让人打听他们的去处，等咱们吃饱了喝足了，他们的去处咱们也问出来了，就装作不经意间遇上了，然后再同他们同行。这样一来，不是又自然又妥当？若是你再把自己买的'心爱'的东西送给赵小姐，给她一个惊喜，不是让她对你的印象更好吗？"

听蓝少陵这么说，杨廉的情绪才渐渐平复下来，到了最后竟不由得连连点头，显然已经认同蓝少陵的主意跃跃欲试了。

看到这个杨大少被蓝少陵几句话就轻松搞定，闵江心中轻哼一声。只是，就在他以为这件事情就此了结的时候，却听杨廉又道："蓝公子说得对，我的确是太紧张了，鹿儿若是想同宋表兄幽会，是绝对不会带那么多人一起出去，该是他们两个人单独出去才对。"

"我就说嘛！"蓝少陵笑眯了眼，"所以，我看咱们就按我刚才说的，现在就下山，然后先好好吃一顿，再……"

"可是蓝公子。"还不等蓝少陵说完，却见杨廉又苦了脸，"若是照你所说，会不会段兄对我家的鹿儿也有了不该有的心思。"

"什么？"蓝少陵不知道杨廉怎么就把话题扯到段青云身上去了。

"他就是先故意遇见宋表兄他们，然后又随着宋表兄和我家鹿儿一起下山去了，所以，他是不是也是居心叵测？"

"你说什么？你说谁还同他们一起下山了？"这一次，不待蓝少陵开口，闵江已经揪住杨廉的胳膊大声问道。

除了刚开始的时候，闵江呵斥了他几声，后来都是蓝少陵一个人在说话，闵江根本就没有开口，此时被他突然抓住，还抓得死紧，杨廉有些发蒙，但还是老老实实回答道："就是段青云呀，他在后院突然碰到宋表兄他们，然后被他们带着，随着鹿儿一起下山去了……江，江兄，你怎么了？难道有什么不对吗？"

这一次，闵江没理他，而是立即冲出屋子，往后院的方向去了。

"怎……怎么了？"直到闵江的影子都不见了，杨廉才反应过来，"江兄这是怎么了？怎么突然就跑了？"

"唉！"蓝少陵轻轻拍了拍杨廉的肩膀，摇头叹道，"杨大少呀杨大少，能把江兄急成这样，你可真是个人才！"

"我怎么了？他跑了关我什么事？"杨廉一脸的委屈，但是紧接着，却见他眉头一皱，好像想通了什么似的，突然一拍大腿大声说道，"我明白了，我明白了！"

"你明白什么了？"他一惊一乍的，又把蓝少陵吓了一跳。

杨廉再次苦了脸："我知道了，江兄也一定是看上了我的鹿儿，而且，他早就发现了段兄同我家鹿儿的关系，所以，听说宋兄跟我家鹿儿下山一点儿都不着急，反而是听到了段兄的名字，才着急追过去。"

听他"鹿儿"长"鹿儿"短地又说了一串"鹿儿"，蓝少陵一个头变成了两个大，他对杨廉摆了摆手，摇着头道："好好好，你说什么就是什么，你说的都对行了吧。所以，咱们是不是也可以下山了呢？"

第十五章

松阳镇众人遇伏

山下的松阳镇只是一个小镇，说不上有多繁华，但是也绝不冷清。当然了，这也多亏了附近秦麓峰上的秦麓书院，正是有它的存在，秦麓峰上的学子多年往来络绎不绝，这才养活了山下松阳镇上的百姓，故而，人们对于身穿秦麓书院青衫的学子都是分外尊重。

虽然敏萱从不穿青衫，而且是女子，但是作为秦麓书院现任山长的女儿，她照样受到人们的尊重。再加上她家的花蜜质地纯净，入口香甜，隐隐还带有一股桂花的香味，所以非常受欢迎。

这么多年来，从山长夫人到山长千金，都是把花蜜托到镇子上的一家名唤步步升的杂货店里售卖，所以，要想买状元蜜，也只能到这个杂货店购买，若是别家有了，那就是百分之百的假货。

将篮子里的五罐状元蜜送到步步升杂货铺，敏萱就根据之前的计划，带着书勤他们前往红姑子巷。

从昨晚就抱着做小贩心态的闵浚，在发现自己根本不用像货郎那样沿街售卖蜂蜜后，本来是有些失望的，可是一被带到红姑子巷上，看到街道两旁摆满的货架，以及街道中熙熙攘攘的人群，又立即高兴起来，边四顾着周围的各种小摊吃食，边问敏萱道："敏萱姐姐，这个红姑子巷天天都这么热闹吗？不比南临城差呢。"

看到他这么开心，敏萱也笑道："你别忘了今天是什么日子，这些摊主们可是算着日子来的。还有这路上的行人，你是不是看他们有的人十分眼熟？其实，他们是书院的学生，下山来采买东西的，只不过没穿书院的青衫罢了。"

"真的哟，那个书生我见过，好像是乙班的，还有那个，好像是天字级丙班的，宋表兄，你看是不是？"

这个问题问到书勤，书勤只能报以苦笑，然后幽幽道："表弟，在大街上不要指指点点，显得很无礼呢。"

"怕什么呢，反正没在书院里，教导礼仪的夫子也不在。"闵浚笑嘻嘻的，显然，下山之后，没有夫子管着，没有大哥看着，他放松许多。

"话是如此。"段青云听了笑道，"但是你可听过'慎独'，越是没人管束的时候，就越要自己管好自己，这才是君子之道啊。"

闵浚听了，不屑地撇撇嘴，但还是把手放了下来，哼道："好啦好啦，知道你们一个个都是大才子，先生说的话信手拈来就能教训我，我注意还不行嘛。"

边说着，闵浚的眼睛仍旧不停地向四周瞄去……手不让他乱挥乱舞，眼睛他们总

管不着吧。他在山上憋了太久，如今下了山，一定要痛痛快快玩耍一番，等一会儿，不仅要饱眼福，也要大饱口福，那个什么蒸肠粉，他早想吃了，这次正好让赵小姐带他们去一处最好吃最正宗的地方。

只是看着看着，他的眼睛一下子瞪大了，指着前方的位置，冲书勤兴奋道："宋表兄，你看，你看！"

看到刚纠正了他，他又开始指指点点，书勤耐心道："表弟，我不是说了吗，在街上不可以这样的。"

"不是，不是！"闵浽说着，指着一个方向道，"你看那是谁？"

"谁？"书勤听了，立即抬头，却见一个人向他们走来，只可惜他的五官模模糊糊的，她一时间辨认不出对方。

而这个时候，同行的段青云和敏萱则看清了来人，段青云的脸上露出一丝玩味，而敏萱的脸上则有一丝欣喜一闪而过。

等此人到了近前，书勤终于听他开口道："几位，好巧呀！"

这个声音……是江自流！

"江大哥，你怎么来了？"闵浽率先迎了过去，"你不是说要在山上准备六艺大赛吗？"

闵江挤出一个笑容，回应道："我突然想到，这几天抄《论语》，把笔毛都快磨秃了，这才打算下来选几支笔。"

"抄书能把笔磨秃，江兄真是认真。"段青云笑着打趣。

闵江哼了声："我们都受了罚，自然比不上段兄逍遥自在。"

"呵呵。"段青云轻笑一声没再说什么，而这时候，敏萱则笑着开口道："这镇上还真有几家老字号的笔铺，别的不说，这松阳镇的笔还是挺有名的，丹青坊的笔墨纸砚就不错，等一会儿我带江大哥去选选看。"

闵江听了，也不看她，而是垂着眼皮道："不敢，我随便买几支就行了。"

无形间碰了一个软钉子，敏萱的脸色微微一滞，但马上又重新恢复笑容，转身继续在前面带路："蒙小弟不是想吃肠粉吗？前面有一家何记，就是专门做肠粉的，如今的这位老板已经是第五代传人了，他家的味道最正宗，咱们正好去那里吃午饭。"

一听说快到了，闵浽跑得更快了，戟月紧紧跟着他，生怕他跑不见了，闵江则走在最后，看着前面的几人，却越发觉得心里不自在起来。实在不知道，自己此番下山究竟是为了什么。

而这个时候，段青云落后一步，同他并排而行，趁着众人不注意，低声问道："世子爷，您不是不来了吗？"

"刚才你也在后院？"闵江的脸色发黑。

"呵呵。"段青云笑了笑，"我是以为你不来了，才跟着他们的，没想到还是讨世子爷的嫌了。"

"你太高看自己了，我下山不过是担心浸儿罢了。"闵江立即不悦道。

"什么叫'不过'？"段青云的眉毛挑了挑，"难道世子爷以为我想说别的原因吗？世子爷放心，不会有人想歪的，毕竟世子爷同小公子手足情深，放心不下也是应该的。"

"段青云！你到底想说什么？"闵江微微提高了声音。

"我想说什么？我想说的，世子爷不是都已经明白了吗？"

明白？明白什么？他应该明白吗？

闵江脸色铁青，突然意识到，自己就不该下山，就算下了山，也不该这么早暴露行踪，就像蓝少陵说的，远远地跟着他们不好吗？

"到了。"闵江正懊恼着，却听敏萱清脆的声音响起，"就是这里了。"

何记肠粉在松阳镇果然有名，此时刚到午时，摊位前已经坐满了食客，再加上他们一共七个人，需要拼桌才能就餐，所以等了大半个时辰，店里才算空出两张桌子来，老板帮他们拼好了，他们这才坐下。

等了大半天，闻了半天肠粉的香气，闵浸早就又热又累，饿得前胸贴后背了，刚一坐下来，就急忙让戟月点菜。

何记肠粉开了这么多年，铺子里早就不再单独卖肠粉了，还卖起各种小菜，虽然大部分是凉菜，但是据敏萱说，他家的凉菜，尤其是各种泡菜吃起来酸脆可口，就着肠粉刚刚好。

于是几个人各点了一碗肠粉，几碟泡菜，一些小菜，就等着老板蒸好肠粉上菜了。

何记肠粉的生意之所以红火，是因为他家的肠粉都是按照人头现蒸的，书勤他们七个人就要蒸七份。等着的工夫，敏萱看着闵江笑道："没想到江公子这么用功，看来六艺大赛是打算争个魁首当当了。"

"一个魁首算什么，江大哥至少能得两个魁首呢。"听到敏萱的话，闵浸得意道。

单论射御两项，只要闵江想，在这书院基本上不会有人争过他。

"这可不一定。"就在这时，却听旁边桌的一位年轻人突然转头对他们说道，"最起码蒋兄的骑射这么多年来在书院无人能出其右，你们才刚刚到书院，是不是太狂妄了些？"

而在这时，却听另一个声音笑着响起来："方兄谬赞了，我自然是比不过人家的，人家连书院的马匹都能借来练习，我们可不敢。到最后出了事差点儿摔伤人，人家也只是被先生罚抄几遍《论语》而已。试问，书院建院这么久以来，何曾如此宽容过？想当初，同我一起来的周贤弟，不过是弄断了书院的弓，就被赶下了山，现在想想，实在令人唏嘘呀。"

说话的是旁边桌子上坐着的两个年轻人，他们一个身材高大纤长，面白如玉，另外一个却十分矮小，看起来也就同赵敏萱的个子差不多，脸上却长满络腮胡子。

显然，他们也是书院里的学生，如今在肠粉店遇到闵江他们，尤其是听到闵浸的话，觉得不平才开口的。

闵江本不欲理他们，就连闵浸想要开口反驳都被他一个眼神制止了，可敏萱听了却不乐意了，立即反驳道："这位师兄，你若有不平，可以去向夫子申诉，何必在这里阴阳怪气的？先生的惩罚自有他的道理，他们做错了事，也挨了罚，你没胆子向书院质疑也就算了，又何必揪住不放呢？"

毕竟这个决定是书院做出的，而她父亲又是山长，他们觉得书院不公就是觉得她的父亲行事不公，她自然要出言维护。

只是，赵敏萱不开口还好，她这一开口，这两人更觉得书院偏心，个高的那个学子立即站了起来，看着她道："向书院质疑？你当我不敢？赵小姐，看在你是赵先生女儿的分上，蒋兄本就不欲与你争辩，只是，你同他们关系好到一起下山逛街，就算说了，会有用吗？对了，听说这位姓蒙的学弟还时不时去师母那里拜望，就算他是蒙畲族族长的侄子，可我们蒋兄还是摩崖族族长的儿子呢，他又要过什么特权？还不是安安分分地同普通学子吃住在一起，更没有同山长攀什么亲戚，要什么独院。"

显然，这两人对闵江他们早就不满，连他们的身份都调查过了，尤其是闵浸，刚来就住进独院实在是有些招摇，想必从他们住进院子那一刻，就已经无意间得罪了人。

关于这一点，其实敏萱也不清楚。按说父亲平日处事向来公正，上山来求学的学子，无论年龄多小，从来都不会像对待闵浚这样，一来就让他住进为客人准备的独院，就算他是岭南王的二公子，可最好也不过是像蓝少陵那样，分一个双人间罢了。所以，他们针对这件事情说事，她倒真不好反驳。

而这个时候，看到两边剑拔弩张，充满敌意，书勤则开口道："两位兄台，既然都是书院的学子，何必在外面如此针锋相对，我看，不如等咱们回了书院，再找个机会好好切磋一番如何？"

"回书院切磋？怎么切磋？"这时候那个个矮的姓蒋的学生开口道。

"反正过一阵子就是六艺大赛了，蒋兄既然觉得自己胜券在握，不如就同江兄比一比，那时有学监在场主持，蒋兄若是赢了，岂不是扬眉吐气？"

蒋姓学生一愣，随即冷笑："我为什么要听你的？再说了，就算我赢了，又能怎样？"

"你若是在骑射上赢了我，不管是不是进了三甲，大赛之后，我立即下山，绝不回来。"看到他的样子，闵江微微一笑，信心满满道，"不过，若是你输了的话……"

蒋姓学生眼神微闪，不知道该不该应下，而这个时候，却见老板端着七碗肠粉从后面出来，然后放在书勤他们的桌子上，笑道："几位的肠粉好了，小菜马上就到。"

书勤正要道谢，却听一旁的方姓青年又不干了，嚷嚷道："老板，我们比他们来得早，为什么他们七份都上了，我们的两份还没有上来。老板，你怎么可以这样？"

老板听了连忙赔笑道："两位客官，你们要的是猪肉肠粉，刚才就同你们说过了，第一锅肉汤已经售完，第二锅还要再等一会儿，你们也是同意的，等肉汤一好，我马上给二位端来。"

"马上马上，我们都等了这么久了，你都没上菜，是不是也看不起我们？"只是方姓青年听了却不买账，继续阴阳怪气道，"好吧，既然要等那么久，我们也不等了，你现在给我们换成普通的，赶紧端来。"

"这个……好吧，我现在就给两位端去，两位少安毋躁。"老板听了，虽然一脸的为难，但还是答应下来。

可是，即便这样，方姓学生还是不依不饶道："不行，我们现在就要，我们比他们来得早，你得先给我们才行。"

言下之意，就是要已经放在书勤他们桌上的几碗肠粉了。

这下，书勤他们明白了对方的意图，这两人分明是看他们不顺眼故意找碴儿，果然，边说着，方姓青年已经走到书勤他们的桌前，伸出手来就要从他们面前把肠粉端走。

这人都欺负到了头上，在座几人可都不是吃亏长大的，尤其是赵敏萱，她从小在书院长大，书院的学生们个个都让着她，把她当眼珠子一样捧着，何时受过这种气，当即伸手一打，打开方姓青年的手，怒道："你可知非礼勿动？"

被敏萱将手打开，方姓青年也怒了，用手轻轻拨了一下，想要推开敏萱，没想到手劲大了些，把赵敏萱推了一个趔趄，她身子一歪，立即倒向闵江，闵江急忙将她扶住，而这个时候，却见方姓学生一手端起一碗肠粉，转身就走。

闵浸此时也恼了，他长这么大，还从没有人从他的嘴边抢走过吃的呢，于是也从座位上跳了起来，喊道："戟月，别给小爷留面子，给我上，他们这还抢上了，还有没有王法！"

边说着，他整个人已经冲了出去，一把抓住这个学生的后衣领就往后扯。而此时，戟月也冲过来了，跟在主子身后，一把抱住了那人的胳膊，伸手去抢他手中的瓷碗。

被他们两个缠上，方姓青年一时间动弹不得，当即大吼道："你们干什么呢，居然看着小爷我受气吗？还不快点儿过来。"

随着他的话音，周围两张桌子上坐着的几名侍从样子的年轻人立即站了起来，向他们这边围了过来。

闵江见状不妙，就要冲过去护住书勤和闵浸，岂料他刚要把怀里的敏萱推开，却被她一把抓住衣袖，然后对他低声道："江大哥，这个姓方的我好像没见过他，他应该不是书院的学生。"

闵江怔了怔，就在此时，只见那个姓方的年轻人把自己手中拿着的肠粉向后一扬，滚烫的肠粉立即向坐在他身后的几个人洒去，首当其冲的，正是坐得最近的书勤。

闵江一惊，眼见书勤就要被肠粉烫伤，坐得最远的段青云突然冲了过来，将书勤护住，于是，那些滚烫的肠粉立即洒在了他的后背上，让他发出一声闷哼。

眼前的变故发生得太快，书勤也没想到，好好地吃个饭，竟然会有人逞凶斗狠，甚至还动上手了，而护住她之后，段青云低低地说道："这个姓方的有些不对劲儿，咱们先离开这里吧。"

说着,也不等书勤应下来,他拉着书勤立即冲出大门。

闵江此时也觉出不妙,趁着那些人围上来之前,火速带着敏萱他们离开了肠粉店。

不过,等他们出了肠粉店,他再寻,却已经不见书勤和段青云的踪影,而此时,姓方的年轻人也从粉店里带着人冲了出来,看样子仍旧不肯放过闵江他们。

闵江见状,也不再耽搁,而是一把拉住闵浧,对身边的戟月和莲心道:"你们都跟好我。"

然后他又对敏萱道:"带我们去人少的地方。"

"好。"敏萱犹豫了一下,但还是点点头,"跟我来吧。"

被段青云带着,书勤一出门就立即冲到对面的小巷藏了起来,段青云嘱咐她藏好,自己则暗中透过巷子口看向对面的肠粉铺子,眼见着那些人跟着闵江他们往路的西头去了,他这才返回巷子重新找到书勤:"江兄可得罪过什么人?"

"江兄?"书勤一怔,"你是说,他们是冲江兄去的?他们……他们不是书院的学生吗?"

"我看未必。"段青云低声道,"若真是书院的学生,又怎么敢真的得罪赵士谦的千金?难道你没看出从始至终,那个姓蒋的学生都没怎么开口,全是那个姓方的在挑拨。而且一副唯恐天下不乱的样子,怕是那个姓蒋的学生也被利用了。"

书勤仔细回想了下,好像还真是这种情况,本来她提出比试,江兄也答应了,这个姓蒋的学生也动了心,可这个姓方的年轻人反而在事情快要平息的时候,上来抢他们桌上的肠粉,这不是找着要打架吗?

可是,江兄不过是蓝少陵的好友罢了,就算得罪了人,也不可能让人追到松阳镇来,于是,她心中一惊,连忙拉着段青云的衣袖道:"一定是浧儿,他们一定是冲着浧儿来的,他们去哪里了,咱们要快点儿找到他们,不然……不如报官吧!"

"浧儿?"段青云的眼睛眯了眯,"你是说蒙寿,蒙小弟?"

"嗯,对,你不会不知道他是岭南王府的小公子吧!"书勤颇为急迫道,"我们一定要快点儿找到他们。"

"原来如此,我看,报官倒不如找另外一个人。"段青云沉吟了下。

"找谁?"书勤连忙问道。

"杨家,我们去找杨廉,他们家在镇上势力比官府好使。"

"你是说杨大少？"书勤闻言一愣。

"他今天也该下山了吧！"段青云的眼中闪过一道精光，"这样，你去杨家找他们，我去跟着他们，看看能不能帮上忙……"

此时，蓝少陵正在杨廉家的大宅子里啃着饭后的西瓜，而随着小厮们一次又一次向杨廉禀报着敏萱他们此时的位置，发觉他们真的只是下山卖蜂蜜，顺便逛街外，杨廉也渐渐平静下来。而当听到他们进了肠粉店准备吃肠粉的时候，杨廉叹道："早知道他们是要吃肠粉，我该早告诉他们，松阳镇做肠粉最好吃的师傅就在我家，也许他们就肯来了吧！"

"这你就不知道了吧，要的就是这份热闹。"啃着西瓜，打了个饱嗝，蓝少陵在侍女端着的铜盆里净了手，然后站起来道，"行了，时间差不多了，咱们走吧。"

"走？去哪里？"杨廉愣愣地看向蓝少陵。

"也去吃肠粉呀。"蓝少陵嘻嘻一笑，"不然怎么同他们会合，又怎么让你献殷勤呀。"

杨廉闻言眼睛一亮，连忙点头："蓝兄说的是，这次多亏蓝兄了。"

杨廉说着，就要带上自己准备的礼物出门，可这个时候，却听门外传来小厮惊慌失措的声音："少爷少爷，不好了，不好了！"

"怎么了？"看到小厮脸色煞白，杨廉一愣，"出什么事了？"

"少爷，我们的人刚刚看到，敏萱小姐他们同肠粉店的客人打起来了，现在那些人人多势众，已经追着敏萱小姐他们往西去了。"

"什么！"蓝少陵也吓了一跳，连忙走到那小厮近前，"你再说一遍，谁追着谁，谁要打谁？"

"我们也不知道，在外面守着的时候，就听到里面吵吵闹闹的，然后就看一群人追着敏萱小姐他们往西去了。"

"笨蛋，你们就这么看着他们被追，也不帮忙？"杨廉怒道，随即就要往外冲。

"已经派人跟着他们了，我是回来报信的。"小厮连忙道。

"那就快在前面带路。"杨廉说着，人已经冲出大门，同时嚷嚷道，"来人呀，给我找三十个家丁出来，我倒要看看，是哪个敢在松阳镇上欺负我未来的媳妇。"

他正喊着，却听另一个小厮来报："少爷，门外有个书生求见，说他是你的同窗，姓宋，叫宋勤。"

在敏萱的指引下，闵江终于带着闵浚他们来到了山脚处的一块空地上，他先让其他几人到林子里藏起来，然后一个人站在空地中央，没一会儿工夫，那个姓方的年轻人果然带着手下追了过来。

看到就闵江一个人，姓方的年轻人不怀好意地笑了下："实话对你说吧，这件事情同你无关，岭南王的二公子呢，你把他藏到哪里了？"

闵江眉毛微挑，冷笑道："你怎么知道他是岭南王的二公子？"

"这你不用管。"年轻人冷冷道，"我们也只是受人所托，实不相瞒，就凭你一个人，是对付不了我们的。"

"受人所托？"闵江哼了一声，"谁托的你们？你们绑了岭南王的二公子，想做什么？"

"说了同你无关，我劝你还是老老实实把他交出来，我们或许还能留你一个全尸。"

"我若说不呢？"

"那就不好意思了。"姓方的一挥手，他身后的几人立即向闵江慢慢地包围过去，同时他冷笑道，"也不知道该说你精明还是傻，竟把我们带到这么好动手的地方，若是在镇子上，我们动起手来，只怕就没这么顺利了。"

"的确，若是在别的地方，动起手来，肯定没这里方便，我问你话，你也不会如此痛快。"

闵江说着，手一挥，在他们的周围突然出现了一群手持短弩的蒙面人，他们的身上还穿着普通百姓的衣裳，但是显然，他们并不是普通百姓。不用想也知道，岭南王府的世子和二公子都在这里，再加上一位端和公主，他们一起下山出游，身边又怎么可能只跟着戟月和莲心？

之所以让敏萱将他们带到僻静的地方，可不是为了让匪徒绑架方便，而是为了让岭南王府藏匿于镇子上的暗卫便于行事。

几乎没费什么力，匪首便被暗卫们擒住了，其余的匪徒也是死的死、伤的伤，这个时候，闵江接过剑生递给他的剑，再次走到匪首的面前，低下头，用剑指向他的喉咙："说，是什么人让你来的，为什么想要绑架二公子？"

匪首虽然被擒，但他还是一脸的倔强，冷哼道："我若是告诉你，岂不是坏了道上的规矩？"

"坏了规矩？"闵江冷笑，"我想，让你来绑架二公子的那人，一定没告诉你，

第十五章 松阳镇众人遇伏

岭南王府在镇子上布置了无数暗卫吧。即便如此，你还这么维护他？"

匪首一愣："你是说，他早就知道？"

"不然呢？"闵江的眼中闪过一丝怜悯，"你真的以为，在岭南的地界上，你能轻而易举地绑架岭南王二公子，尤其是，在我这个世子的眼皮底下？"

"啊，你竟然是世子？"匪首脸上露出惊色，随即愤愤地说道，"我果然被骗了！好吧，我告诉你，是一个穿着青衣、戴着斗笠的人让我们做的。"

"青衣人？他的样貌如何，身形如何，你可知道他的来历？"听到"青衣人"几个字，闵江立即问道。

匪首摇了摇头："我不知道他的样子，他蒙着脸，但是我可以听出，他是平安城的口音，应该是从那边来的……"

他的话还没说完，却从林子里射出一支白色尾羽的冷箭，正中他的喉咙。

又是白色的羽箭！

看到此次连杀人灭口的手法都同上次如出一辙，闵江怒不可遏，当即带着暗卫向冷箭射出的地方冲了过去。

此处的树林十分茂密，闵江一进入林子，就失去了那人的踪迹，他只得带着暗卫们小心地往林子深处寻去。寻了没一会儿，他突然听到左前方的一棵大树后，似乎发出"窸窸窣窣"的轻响，连忙挥了挥手，指挥身后的暗卫包抄过去。不过，还不等他们到达近前，却见一个人从树后闪了出来："是我。"

看到来人，闵江眉头微蹙，虽然挥了挥手让身后的暗卫们暂时停下，却没有让他们放下短弩，而后他一脸警惕地问道："段青云，你怎么会在这里？端和呢？"

似是没有察觉闵江的敌意，段青云从树后走了出来，皱着眉道："我让她去找杨廉他们了。刚刚怎么回事，是谁杀了那个匪首？"

"你让她去找杨廉做什么？这件事同他又有什么关系？"闵江脸上疑惑更重，手中的剑也指向了他，"说，她去哪里了？刚才那个人，是不是你杀的？"

"我杀他做什么？"段青云的脸上先是闪过疑惑，随即低头看向闵江指向自己的剑尖，淡淡一笑，"你怀疑我？世子大人，就算我出来得不是时候，可我杀他对我有什么好处？"

"那好，你告诉我端和在哪里？"闵江的剑又向前近了几分，"只要你把她交出来，我就相信你。"

段青云的脸色也沉了下来："我说了，我让她去找杨家帮忙去了，等一会儿她来了，你自然能见到她。你还想让我说几遍？"

"我不信！"闵江的脸上犹如挂上一层寒霜，咬牙道，"说，你想要什么，才肯交出她？"

看到闵江的样子，段青云突然闭口不言，眼睛则一眨不眨地看向他的身后，然后只见他竟然向前迈了一步，也离闵江的剑尖又近了一分。

"你做什么？你以为我不敢杀你？"闵江的脸色更难看了，手中的剑，也向前近了一分，此时，只要他一用力，剑就会刺进对方的胸膛。

段青云面沉似水，他仍旧盯着闵江的身后看，突然道："世子爷，小心你的身后……"

身后？

只是，还不待闵江反应过来，段青云已经向他扑了过去，闵江一惊，剑尖一偏，总算是没有刺进段青云的胸膛，只是紧接着，他却被段青云扑倒了，于是，随着一道破空声挨着他的发梢响起，他身边暗卫们的弓弩立即向他身后射去，与此同时，只听树林中传出一声闷哼，而后随着"扑通"一声响，仿佛有什么东西从树上落了下来。

等闵江起身，看到前面那棵大树的树干上插着的白色羽箭，不由得惊出一身冷汗，而这个时候，段青云也从闵江的身上爬起，但是起身后他立即向林子里冲了过去，同时喊道："他在那里！"

闵江一怔，也急忙翻身站起，往刚才射出冷箭的地方冲了过去。

等他冲到地方，一部分暗卫已经先他们一步到了，却围成一圈，看到闵江到来，他们纷纷侧身，给他让开一条路。等闵江走到近前，却看到一个穿着青衣的男子正躺在地上，而他身上则插了五六支弩箭，在这些弩箭中，有一支正中他的胸口，此刻，这人已经气绝身亡。

看到他丢在一旁的斗笠，闵江脸色一黑，走上前去，又仔细辨认了一番他的身高胖瘦，的确同那日他见到的那个青衣人非常相似，于是他冲暗卫命令道："把他送回王府，仔细调查他的来历。"

"是！"暗卫应着，立即有人将尸体抬了下去。

"小公子和敏萱小姐他们呢？"闵江又问。

"世子放心，已经护送他们上山了。"剑生低声回道。

"嗯。"闵江点点头，"清理战场，把剩下的匪徒也一并带走，回府后细细拷问。"

"是！"剑生应着，立即带着一众暗卫隐去。

众暗卫走后，闵江这才转头看向段青云，脸上的神色却颇为复杂："你真是鹰卫？"

"怎么，世子到现在还在怀疑我的身份？"段青云也不生气，笑道。

"不能怪我怀疑你。"闵江抿了抿唇，"你形貌肖似劫持公主的匪徒，我必须谨慎行事。"

"劫持公主的匪徒？"段青云吃惊道，"这么说，世子已经抓住那些匪徒了？"

听他询问自己是不是"抓住"了那些匪徒，而不是直接问是不是"杀了"他们，没有落入自己故意给他设定的语言陷阱里，闵江这才松了一口气，笑了笑："他们都已经死了，被人杀死了，确切地说，应该是被指使他们的人灭了口。"

段青云微微怔了下，立即恍然道："世子怀疑我是那个幕后指使之人？世子刚刚是在试探我，若是我问世子是不是杀了他们，就是说，已经知道他们已经死了，等于是不打自招，承认自己就是那个幕后之人？"

"事实是你并没有这么做。"闵江说着，转身往林子外面走，边走边说道，"你为什么要让端和去杨家，你不是负责保护她的鹰卫吗？万一她路上出了事怎么办？"

"世子多虑了，鹰卫又不止我一人，您放心就是。而且……"说到这里，段青云顿了顿，"若是公主来了，世子剿起匪徒来岂不是变得缚手缚脚了？"

闵江的脚步停了停，冷哼道："要你多管闲事！"

说完，他加紧脚步，很快便出了树林。

段青云也笑了笑，尾随其后向林子外面走去，不过，没走几步，却觉得脚下像是踩到什么东西，低头一看，却是一支弩箭，应该是刚才王府暗卫们射偏的。他眼神微闪，迅速将它捡起，藏在了袖子里。

刚刚出了林子，闵江便听到一阵大呼小叫的声音从正路的方向传来，不一会儿工夫，便见一群人向空地的方向冲了过来。

待到这群人到了眼前，闵江的眉毛微微一挑，向他们走了过去，为首的杨廉看到是他，急忙问道："鹿儿呢？你们没事吧，那些人呢？让他们出来，本少爷要好好教训教训他们。"

"他们一看打不过我和段兄，就跑了。"

闵江说着，看向杨廉身旁的书勤，神色有些复杂："你把他们找来的？辛苦了。"

书勤脸上一红,低下头道:"都是段兄的主意。他在街上找了个小贩,给了他十两银子,让他带着我找到杨家的。不过,还是段兄先到一步,我们来晚了。"

"鹿儿呢,你不是说没事了吗?鹿儿去哪儿了?"杨廉四顾不见赵敏萱,着急地问道。

段青云这时走到他们近前,看着杨廉笑了笑:"赵小姐听说杨兄要来,就赶忙回书院了。"

杨廉一听此话,脸色立即涨得通红,过了好一会儿,他才重重地哼了一声:"你们怎么能让她一个人回去呢?万一再遇到坏人怎么办?来呀,跟我一起上山,护送你们未来的少奶奶回去。"

说着,他一挥手,带着一帮家丁们也往山上赶了去。

杨廉就这么"呼啦啦"带着一群人走了,书勤和蓝少陵也不好再跟过去,便留了下来。虽然有惊无险虚惊一场,但是这么一折腾,午饭的饭点已过,蓝少陵固然是吃饱喝足,可其余几人还饿着,于是段青云笑了笑道:"我知道城郊有处小饭馆,里面的饭菜还不错,不如咱们先去那里填饱肚子如何?"

闵江和书勤自然没有异议,而蓝少陵是最爱热闹的,正巴不得晚点儿上山,想也不想就满口答应下来。不过临出发的时候,他看到段青云胸口的衣襟裂了一道口子,当即眉毛一挑:"段兄,你的衣服破了。"

段青云低头看了一眼,果然看到胸口的衣服被划破了,应该是他刚刚护住闵江的时候被剑锋划破的,显然,闵江的剑极其锋利,若是有心杀他,刚才他扑向闵江的那一刻,他就已经死了。

于是段青云看了闵江一眼,却见闵江眼观鼻,鼻观心地正在认真研究附近树枝上的一片树叶,只得笑了笑:"应该是刚才不小心被树枝划的。"

"哦,是被树枝划的呀!"蓝少陵眼珠转了转,不动声色地笑道,"那段兄以后要小心了,否则咱们书院周围全是密林,多少件衣服也不够划的呀。"

端和公主眼神不好自然看不出来,他可是看得清清楚楚,这么整齐的裂痕,分明是被利器所划,而且断口连个线头都没有,显然这利器一定是上品,而他们这几人中,能用上这种宝贝的,除了闵江闵世子还能有谁?

看起来,他是错过了一场好戏呀!

只是,四人正要出发,却听一旁的树林中传来一阵声响,好像有什么东西在里面。

以为是仍有匪徒藏匿没被抓到,闵江身子一闪,立即挡在了书勤的身前,而段青云也是严阵以待,低喝道:"什么人在里面?出来!"

"是我!"随着一个柔柔的声音响起,只见一个人影从树后闪了出来,竟然是赵敏萱。看到是她,闵江皱了皱眉:"赵小姐,你不是回书院了吗?"

赵敏萱笑了笑,向他们走了过来:"我半路又折回来了,幸好你们都没事。"

闵江眉毛挑了挑,没再说什么,但心中对这位赵小姐自作主张已经很不满了。

赵敏萱丝毫没有察觉到闵江脸上的不悦,走到众人近前,笑着道:"我也饿了,不如一起吧。"

她要跟着去,段青云自然没有拒绝的理由,倒是蓝少陵一脸的兴味,好像看出些什么,可他唯恐天下不乱的性子正巴不得再看场好戏,于是笑道:"怎么不行,人越多越热闹。是不是,段兄?"

段青云笑了笑:"那就一起吧。"

段青云所说的小馆离山脚处果然不远,几人大概走了一刻钟的工夫就到了大路,然后又沿着大路走了一炷香的工夫,就看到一个简陋棚子搭成的小铺。

小铺门口的旗子上挂着一个"酒"字,等走到近前,却见铺子里客人不多,也只有一个老翁和一个老妪在收拾招呼。

看到段青云来了,正在擦桌子的老翁眼睛一亮,立即招呼道:"段公子,您今天可来晚了,牛肉已经卖光了。"

"无妨,我们饿了,给我们弄些家常的饭菜来即可。"段青云笑道。

"好嘞。"老翁应着,对屋子里面喊道,"老婆子,炒两荤两素五碗米饭,再温一壶清酒。"

五人找了张方桌坐下,老翁先给他们上了壶茶,段青云给他们都倒上,这才道:"他家的卤牛肉很不错,可惜今天来晚了,不然你们也可以尝尝。"

"看来段兄同老板很熟。"蓝少陵好奇道,"你经常来吗?"

"也是机缘巧合,第一次休沐下山的时候,我正好在他家用的午饭,后来又帮了点儿小忙,老板人很实在,老板娘手艺也好,一会儿尝了你们就知道了……"

自从坐下后,蓝少陵就一直问东问西的,闵江只是默默地喝着茶,连头都不抬,看到蓝少陵同段青云聊得热火朝天,书勤犹豫了一下,关切地看着闵江问道:"江大哥,你最近是不是有什么心事?"

"心事?"闵江抬头瞧了她一眼,"何出此言?"

"最近总是很少见到你,听说你在准备六艺大赛,可是这次的比赛对你来说很重要?"书勤又问。

闵江这才正眼看了看她,心不在焉地笑道:"不重要就不用准备了吗?"

他的话令书勤语塞,难以接话,而赵敏萱听了,却点头笑道:"江大哥志向高远,定能在大赛中夺魁,我就等着听江大哥的好消息了。"

赵敏萱的话让闵江又皱了皱眉,但他终究没再说什么,正好这个时候老板把菜端了上来,几人的谈话也就此打住。

虽然只是家常小菜,但正如段青云所说,老板娘的手艺果然不错,他们吃得十分尽兴,酒足饭饱后,段青云正要给钱,老板却推托不收,甚至还一脸感激道:"上次多亏了公子仗义出手,才制住那几个醉鬼,不然小店都要被他们砸了,我们怎么能收你的银子?"

"一码归一码,你若如此,你这店我可不敢来了。"段青云说着,还是执意把钱留了下来。

一行人酒足饭饱,正打算回书院,赵敏萱却突然道:"江大哥,你不是还要买笔吗?不如让他们先回去,我陪你去笔斋逛逛。"

闵江早就把这个借口忘到了脑后,见赵敏萱提起,他愣了一下才回过神来,而蓝少陵此时终于知道,这位世子大人竟然用如此蹩脚的借口跟着书勤,便笑嘻嘻道:"原来江兄还要买笔呀,那你就去吧,我可是乏了,我们就先回书院了。赵小姐对镇子熟悉得很,一定能带你买到一支不错的笔,好助你六艺大赛夺魁。"

闵江狠狠瞪了蓝少陵一眼,知道他又开始唯恐天下不乱了,刚想找个借口回绝,一抬眼却看到书勤正瞪圆了眼睛看着自己,心念电转间却脱口而出道:"赵小姐不说,我倒忘了,那就有劳赵小姐了。"

"啊!"听闵江这么说,最吃惊的是蓝少陵,于是,等闵江同赵敏萱走远了,他才转头看向书勤和段青云,"他们就这么走了?"

段青云笑了笑,没再理会他,而是对书勤道:"宋贤弟可有想去的地方,还是现在就回去?"

"赵小姐她是不是对江大哥……"这个时候,书勤才明白了些,脸上的表情除了吃惊,还有一点点纠结。

"窈窕淑女,君子好逑,反之也是一样的。"段青云说着,便往上山的山路走去，边走边道，"我看，今日大家也没心思闲逛了，还是回去吧。"

"窈窕淑女，君子好逑？"蓝少陵喃喃念了几遍，却突然走到书勤的身旁，话中有话地说道，"宋表兄，你别介意，江自流他就是这么个别扭性子。我记得有一次我们出去郊游，他背贾碣石的诗背错了，记混了'推敲'二字，却坚持自己是对的，还同我说了好大一通道理，差点儿让我以为自己背错了，直到后来回去查了书，才发现错的是他。等我兴冲冲地去找他的时候，他却根本不让我进门，还大半个月没见我。后来，只要我一提这件事，他就同我翻脸，让我再不敢提。"

虽然此时书勤的心中正纠结着，但是听到蓝少陵的话，书勤却更糊涂了，想了一下道："蓝公子的意思是，我不小心得罪了他，所以他现在不想理我？"

"这个嘛……嘿嘿，至于你们谁得罪了谁，就是你们的事情了，我又怎么知道。"蓝少陵干笑道。

笑话，若是蓝少陵把这位世子爷的身份和别扭的原因透露给端和，那岂不是更得罪了闵江，到时候不要说半个月，只怕三年五载都不会再让他进王府大门了。

蓝少陵从小同闵江一起长大，还能不知道他？看似大度，其实小气得很，一点儿小事都能记恨好久，蓝少陵都因此吃过无数次亏了。

"我看，你倒不如亲自问他。"段青云听了，也笑着道，"总是猜来猜去的又是何必，倒不如开诚布公，也许宋贤弟就知道原因了。"

开诚布公？

书勤立即有所了悟，暗暗记在心里。

同赵敏萱走了没一会儿，心中盘算着书勤他们已经差不多上山了，闵江便停了下来，对赵敏萱道："赵小姐，我突然想起我还有事，先走了，你一个人回去吧。"

赵敏萱一愣："江公子，你不买笔了吗？"

"嗯，不买了。"闵江说着，就要原路返回。

"那我们也可以去别的地方逛逛……"赵敏萱急忙道。

只是，她的话刚说了一半，却见闵江停住了，转过头来，用一种异样的眼神看向她。

赵敏萱一怔，脸上先是一红，随后垂下眼皮道："江公子为何这样看着我？"

"赵小姐，你是何时知道我身份的？"闵江面无表情地问道。

"我……我是刚……刚刚……"赵敏萱结结巴巴道。

"别说刚刚，就算是刚刚，我也是先让人带你们上的山，再加上林深树密，你怎么可能如此轻易知道我的身份。"闵江冷冷道,"你让浚儿跟你下山,也是想着让我也跟着一起下山吧?"

听他这么说,赵敏萱也不再隐瞒,咬了咬唇:"有一次,您同蓝公子在走廊上说话,我听他唤您世子爷。"

"原来是那次!"闵江立即想了起来,又问道,"那你都听到了什么?"

赵敏萱抿了抿唇:"我只听到蓝公子说你在同谁赌气,她……她是女子吧?"

看来,这个赵敏萱只听到了后半段,还不知道端和的身份,这让闵江稍稍放宽心,他笑了笑:"所以,你觉得自己也有机会?"

赵敏萱的睫毛颤了颤,然后低声道:"我知道您的未婚妻是大安朝的端和公主殿下,可是……可是我不介意……"

"可我介意!"闵江毫不留情地说道,"你不要肖想一些不可能的事情,念在你是赵士谦的女儿,今日的话我权当没听过,你也不要再想。其实杨廉就挺好的,同你也合适,哪怕不是杨廉,也不可能是我。我今日言尽于此,日后不会再向赵小姐说起第二遍,更不会告诉赵先生,所以,赵小姐还是好自为之吧!"

说罢,闵江转身回返,沿着另外一条路,上山去了。

闵江的话令赵敏萱难堪不已,她实在是想不到,这位世子大人竟然真的丝毫不留情面。只是,那日蓝少陵的话,她也全部记在心里,他话中的意思好像这位世子爷对那位女子很不寻常,还说什么世子爷放弃计划救了她,没让她坠马……

突然,赵敏萱想起来了,前几日因为惊马被闵江救下的人正是宋勤,难不成这个人竟然是宋勤?宋勤竟是女子?

这下她明白了,难怪爹娘对岭南王二公子的到来仿佛刻意隐瞒着她什么事情,莫非竟是这个,那个宋勤居然是个女子。

只是,越这样,赵敏萱就越觉得不甘,虽然她不知道这个宋勤的身份,但是,她的身份再高,也肯定高不过公主去。

若是有什么法子把这个宋勤赶走就好了!

第十六章
六艺赛
射御双魁

经过一个多月的准备,林学监林大人终于姗姗来迟。这日一大早,书院就山门大开,然后黄土铺路,净水泼地,恭候林学监大驾。时近午时,抬着林学监的小轿终于抵达书院,赵士谦亲自到山门外迎接。

下了轿,林学监带着一应随扈沿着黄土铺就的山路走向迎上来的赵士谦,远远地就对他拱了拱手道:"谨之,好久不见!"

赵士谦也加快脚步,等到了林学监跟前,对他躬了躬身:"林大人,一路辛苦了。"

"不辛苦不辛苦,陛下的差事怎么会辛苦,都是为了我们大安的莘莘学子,为了我们大安仕林更加繁荣昌盛!"扭动了下自己肥胖的身躯,林学监笑道。

"林大人能为陛下分忧,士谦却只能屈居一隅做个教书先生,实在是自叹不如、自叹不如呀!"赵士谦听了,立即迎合着恭维道。

"谨之太过自谦了!想这岭南,哪个学子不知道秦麓书院的大名,不知道赵士谦赵山长的大名呀,就连皇上提起谨之也赞叹不已,埋怨谨之不肯入朝为官呢!"

两个人在门口寒暄了一会儿,赵士谦就领着林学监往书院里面走去,直达书院中最大的讲堂。这个讲堂是把三间正常大小的讲堂打通后连在了一起,挤一挤,能盛下一百余人,而整个书院,连先生到学子,一共有三百余人,所以一般是用来给同级别的学子联合上课的。

这次,为了迎接林学监巡查所举办的六艺大赛,报名的有近百人,此时正一起聚在讲堂里,等着林学监训话,书勤自然也在其中。

不仅是她,闵江他们几个新来的学子也全都报了名,就连那个杨廉也报名了,报的是之前入学考校时,他分数最高的射术。用他的话说,就算拿不了三甲,也要在林学监面前露露面,让他知道,他的推荐信不是白写的。

同闵江他们自愿报名不同,书勤是由赵士谦帮着报名的,帮她报的是诗书的比试。不过,虽然书勤不想让赵士谦失望,却临时将科目改为数术。因为,这是书勤最有把握不会暴露身份的项目。

虽然她不知道林学监能不能认出端和公主,认出她,但是端和公主的字和诗在平安城可是闻名遐迩,而在诗书的比试中,这两项皆不能绕过。而且,诗书向来是六艺中分量最重的一项,搞不好林学监还要亲自监考判卷。

至于礼乐,不但同考官的个人因素有着很大的关系,更无法做到收放自如,尤其是乐,因为需要她亲自演奏乐器,再加上报的人少,到时候,万一同林学监遇到,她

连躲都没处躲。

唯有数术一项,只需要做出先生所出的几道题目即可,而对错,也完全在自己的掌握之中,她完全可以确保自己能平安地落于三甲之外。

直到公布参赛者名单时,赵先生才知道书勤改了项目,对她放弃自己的长项感到十分惋惜,却被书勤一句六艺不应有长短圆了过去,反而让他更庆幸书勤没有报名射御两项了。

在林学监说了一番勉励之言后,六艺大赛正式开始,报名的学子们去各自的考场比试,只有比试诗书的学生继续留在讲堂,当堂开始比试。

看到比试诗书的学生果然被留下,书勤的心中多了一丝庆幸,觉得自己还算是有先见之明。不过,等她步态轻松地出了大讲堂,刚走到回廊上,就听到前方传来闵江和蓝少陵的声音,抬头一看,他们就在她前方不远处并肩而行,应该是要去后院的跑马场比试骑射。

从山下回来以后,书勤就一直没有找到机会同闵江说话,单独找他又太过突兀,担心影响他准备六艺的比试,此刻见他就在前面,她终于忍不住唤道:"江兄!"

她的声音,让闵江的身体顿了顿,不过,却只有蓝少陵转回头来,对她打招呼道:"嘿,宋表兄!"

见闵江没有转头看她,书勤略有些失望,但她还是强笑道:"你们这是要去参加骑射的比试吗?听说骑射的比试上午就能结束了,等一会儿我比完数术的预赛,就去看你们!"

其实,若是依着闵江的性子,他一项也不想报的,是闵浸对他期望甚高,他这才不得不挑了这两项比试。而他之所以报这两项,是因为这两项他根本就不用费心去准备,只要赛前随便练练就好。至于蓝少陵,他纯粹是为了凑热闹,所以陪着闵江一起报了骑射,至于结果,他自然也是完全不在乎的。

瞥了旁边的闵江一眼,见他仍旧没有回头的意思,蓝少陵只能从旁回道:"好呀好呀。我刚刚才听说你报的是数术的比试,你不是应该报诗书的比试吗?"

书勤但笑不语,对他们招了招手:"一会儿见。"

看到书勤打了声招呼就走了,蓝少陵撇了撇嘴对旁边的闵江道:"我说江大少,你还有完没完,人家跟你打招呼呢,你怎么连头都不回?"

闵江没理他,继续往前走,边走边说道:"这里的事情已经差不多解决了,等诗会过后,我就回南临。"

"什么!"蓝少陵吃了一惊,紧赶着追上他,"你这么快就要走?你不是担心浈儿吗?现在不担心了?"

"浈儿跟她在一起,我有什么好担心的。"闵江抿了抿唇,"这一次,王妃的安排的确有些道理。"

"你……你不会是怕见到她,才走的吧?"蓝少陵试探地问道。

他话音刚落,却见闵江又停住了,他转头看向蓝少陵,沉声道:"赵敏萱已经知道我的身份了,我现在不走,难道要等她把我的身份昭告所有人吗?"

"她知道你的身份了?"蓝少陵闻言一愣,"你告诉她的?"

"是咱们上次在走廊里说话的时候,她听到你叫我世子爷,由此猜到的。"闵江压低声音道。

"什么?"蓝少陵恍然大悟,"难道她缠着你就是因为这个?"

闵江未置可否:"所以我才要快点儿离开。其实,若不是我答应了浈儿给他赢两个三甲回来,我那日就已经走了。"

两人正说着,却见有人拦在了他们的前面,闵江定睛一看,竟然是上次在肠粉店遇到的姓蒋的书生。

拦住他们后,蒋姓书生盯着闵江问道:"方兄呢?那日他随你们出去,就再也没了音信,你们把他怎么了?"

方兄?就是那个匪首?

闵江眉头一挑,冷哼道:"他打不过我们,跑了。"

"我不信。"蒋书生红着眼睛道,"我后来派人去寻他,结果今天早上那人才偷偷溜进书院告诉我,他去方兄租住的地方找了,早就没了人影,还说有人看到你们那日去西郊了。他去西郊看了以后,却发现了血迹。而且,也是从那日起,方兄就不见了踪影,你到底把方兄怎么了?"

"你到底对此人了解多少?你真的确定自己认识的那个是真正的他吗?"闵江听了,冷笑一声,轻嗤道,"既然你的人也说了已经人去楼空,你就当他已经走了吧!"

"什么叫当他已经走了,你……你再不说,我……我就去告诉夫子,上报官府!"蒋书生听了脸色一变。

"你想告官?"斜睨了他一眼,闵江再次冷笑,"那就请便吧!"

说着，闵江不再理会他，带着蓝少陵打算绕过他离开。

见闵江毫无惧意，在他们绕过他之后，蒋书生突然转身看着他们大声道："江自流，你上次不是提出同我进行比试吗？我答应你！"

"哦？"这下，闵江停住了，转身看向他，"比试？"

蒋书生黑着脸点点头："骑射两项比试，只要你进了三甲且名次在我之前，我立即下山，相反的话……"

"我就下山？"闵江替他说道。

"不是。"蒋书生摇头，"我只要你告诉我方兄的下落！"

蒋书生在大庭广众之下再次提出比试，目的就是要让闵江无法拒绝，而且，闵江也的确无法拒绝，于是他笑了笑："等你赢了我再说吧！"

由于书院的学子们大多重文轻武，所以像闵江这样擅长骑射的学子并不多，故而报名的人少，结束得也快，一般半天就能结束了，而其他的就没这么简单了，礼乐书数四项因为人多，则是要比试一天的。

大致流程是，当日上午让学子们做初赛的试题，然后从中选拔出三分之一的学子进入下午的决赛，待决赛比试完后，成绩会在第二日上午公布，而第二日的午后就是曲水流觞的诗会。届时，各项中，除了诗书是前十名的学子，其他几项均是博得前三甲的学子才会同林学监在后山同乐，然后一直持续到晚宴之后，诗会才算正式结束，而后日上午，林学监就会带着人离开，前往西南了。

数术初赛的比试很快就结束了，正如书勤所料，比试的题目是从《九章算术》中所出，方田、粟米、衰分三章中各出一题，少广、均书各出两题，然后勾股一题、盈不足一题、方程一题，一共十题。答对一题得十分，答错则不得分。

由于是初赛，所以题目并不难，甚至有的出的还是书中的原题，只是换了数字和说法，这对于早就把这本数术经典倒背如流的书勤来说，取得满分根本就不费吹灰之力。所以，不等监考的夫子看完试卷，宣布进入决赛的人选，她就匆匆离开比试的讲堂，去后院的跑马场了。

书勤稍微估算了下时间，此刻，骑射两项预赛的比试应该已经结束，她这会儿过去，正好可以赶上决赛。

她怕晚了，所以走得有些急，结果刚拐进后院的小门，迎面便撞上一人。她一个趔趄，赶忙扶住旁边的一棵小树站好，而她对面那人却没她这么好运了，竟被她撞得摔倒在地，手中拿的东西也立即撒了一地。

"哎呀,你怎么走路的,怎么都不看人的!"话音响起,却是一个女子的声音,书勤一下子就听出来了,却是赵敏萱。

"对不起对不起,是我走得太急了。赵小姐,你没事吧!"书勤说着,急忙上前要将赵敏萱扶起,哪想到赵敏萱却躲开她的手,转而捡起地上的东西,边捡边说道:"都是刚刚才绣好的,可千万别弄脏了!"

"啊,你有东西掉了?我帮你捡。"

书勤说着,就想动手帮忙,哪想到赵敏萱却尖叫一声:"别……你手上有墨汁。"

书勤一听,急忙缩回了手,然后看向自己的手指,却见在中指的指腹上果然有一小块墨迹,应该是刚才做题的时候沾上了。只可惜考试结束后,她急着去后面看闵江他们,便没有洗手,更没注意到手已经脏了。

一时间,场面颇为尴尬,书勤只能站在一旁,眼睁睁看着赵敏萱一样样地将东西捡起来。

赵敏萱提的是一个篮子,篮子里面装了满满一篮子的绣品,等她把地上的绣品全都捡起来之后,又拿起最上面那只细长的袋子仔仔细细地检查了一遍,这才松了口气。随后她看向书勤,一脸抱歉道:"宋公子,刚刚是敏萱失礼了,不过这些绣品十分重要,是要给前来巡查的官员们做礼物的,千万不能弄脏了。"

"是我失礼才对。"书勤一脸抱歉,"我太急了,才会撞到你的,你没事吧。"

"没事。"赵敏萱笑道,"宋公子是要去后院看江大哥他们比试吗?"

书勤一愣,点点头:"江兄进决赛应该是不费吹灰之力的。"

"我也这么想。"赵敏萱笑道,"不过可惜,江大哥新买的笔用不上了。"

"笔?"想到那日他们两个单独去镇上买笔的事情,书勤的脸上闪过一丝不自在,勉强笑道,"也对,骑射两项比试用不到笔呢。"

"不过也无妨,此时用不到,以后也能用到,所以江大哥让我帮他绣个笔袋,说是可以随时带着呢。"

"笔袋?"书勤闻言一怔,看向敏萱手中拿的那件绣品,"这就是你帮江兄绣的笔袋?"

"是呀,宋公子你看看绣得怎么样,你觉得江大哥会不会喜欢?"赵敏萱说着,将手中的笔袋递了过去,"我打算等一会儿他获胜了就拿给他。"

书勤犹豫了一下，还是接过笔袋，仔细看过一番后，却见小小的笔袋上面竟然绣着一对并蒂莲。抚摸着这对并蒂莲上细密的针脚，书勤出神道："赵小姐的手艺真好，这样传神的一对莲花，江兄一定会喜欢。"

"是吗？"赵敏萱眼睛一亮，"听宋公子这么说，我就放心了。"

"放心？放心什么？"察觉到她话中的怪异之处，书勤抬头看向她。

"没什么，我还要去前面送绣品，先走一步了。"赵敏萱笑眯了眼。

赵敏萱离开后，书勤看着她的身影出了一会儿神，而后她自嘲地笑了下，就打算回去，因为她突然间察觉，自己要做的事情好像已经没了意义。

可她刚要转身，却听一个声音从内院传了来："表兄，原来你在这里，我找了你好久。你也是要到后院看江大哥他们比试的吗？"

是浛儿！

书勤一下子就听出来了。

随着闵浛蹦蹦跳跳地来到她的面前，他一把抓住她的手，眼珠转了转道："正好，我也要去，咱们一起去吧！"

后院的比试此时果然已经进入决赛，闵江自然是毫无意外地入围，而那个蒋书生，同他一样，也顺利进入决赛，同他们一起进入决赛的一共有六人。

这个蒋书生本名蒋方道，是摩崖族族长的儿子，日后是要接任他的父亲，成为下一任摩崖族族长的。只是，虽然他性情勇猛刚劲，心智却有些过于直爽了，这才会上了之前那个匪首的当，将其引为知己。

匪首伏诛后，闵江立即让人调查了这个蒋方道，发现他的确是被利用了，并没有真的参与其中，所以便也没再理会他，却不承想，他竟然主动找到自己的头上，还要立下如此可笑的赌约。

若是在别的地方，闵江根本就不会理他，可正如蒋方道所料，在当时众目睽睽的情况下，闵江根本就无法拒绝，便也只能由他去了，反正闵江自信绝不会输给他，因此这个赌约于闵江来说，根本就没有任何意义。

骑射两项的预赛结束后，由于比试的人更少了，再加上还有很多人都像闵江和蒋方道这样两项全报的学子，所以教头干脆将两项比试的时间彻底岔开，先比试射术，再比试骑术。

由于是决赛，此次比试比书勤他们入门考校的时候要难得多，而且也不是比一轮，共分为三轮。虽然第一轮同入门考校的规则差不多，但即便是这一轮，比试者不但要射中箭靶，箭尖还要射透箭靶，只有这样，才能得一分。

而第二轮，则是比试参赛者的反应能力，这一轮，箭靶是活动的，且用绳子拴在一根长竹竿上，教头下令比试开始，便会有人把箭靶迅速拉到竹竿的另一头，参赛者才能开始射箭，最后，按照箭射中的数目和准确程度算分，说白了，就是做了一个活动靶用来比试参赛者的实战能力。

至于第三轮，对于书院的书生来说，就比较雅致了，是让参赛者应和着曲子的鼓点射箭。这种射法出自《礼经》上的《大射仪》一篇，在其中第三番射的第二节，便有"以乐节射，不鼓不释"之说，正是让射者应和着鼓点射箭。至于这次比试曲子具体用哪篇，那自然就是考题的内容，不能随便泄露了。当然了，这第三轮，除了要应和鼓点射箭外，射中箭靶的箭数和准确度仍旧是重要的考校标准。

一听教头宣布完决赛的规则，场内准备参赛的学子和前来围观的学子们没有一个不觉得难的，就连闵江也皱了下眉。他一旁的蓝少陵则撇着嘴低声道："射箭就射箭，还能玩出这么多花样。鼓声我倒是听过，可那不是激励士兵进攻的吗？听着鼓声射箭，还要'以乐节射，不鼓不释'！这让人怎么射？"

闵江斜了他一眼，低声道："你知道什么，这比赛的设定，皆是遵循了古法，尤其是这第三轮比试，自古就有记载，你不是挺爱看书吗，这都不知道？"

"我看的书里，可没有这些稀奇古怪的东西。什么《礼经》，什么《大射仪》，听着就头疼。"蓝少陵叹了口气，又瞥向闵江，"真看不出，对这个你知道的倒是不少，是因为这是你擅长的吗？"

闵江轻"嗤"了一下："那是因为你看的书都是闲书。"

再次听到了闵江久违的轻"嗤"声，蓝少陵却一下子笑了，拍着他的肩膀道："哟，好久没听到这个音从你嘴里冒出来了，是不是忍得很辛苦？是怕被人家认出来吧？不过，你们早晚要碰面的，那个时候，你不怕她恼你骗她？"

"闭嘴！"闵江的脸颊涌上些潮红，"有那工夫你不如好好想想怎么才能赢过这场比试！"

"嘿嘿，我才不在乎比试什么的，我就是过来玩儿的，倒是那个蒋方道，你看他看你像是看仇人一样，你才要小心呢。不过说来也奇怪，我看好多在前面比试的学生都来这里瞧热闹了，怎么宋表兄偏偏没到，别是恼了你不肯来了吧！不过应该不会，她既然说来一定会来的，看在我的面子上也得来呀，别是在路上耽搁了，咦，好像那个段青云也没来呀！"

听他这么一说，闵江立即向外面围观的人群望去，果然没有看到书勤和段青云的身影，这让他的眉头又皱了起来，而这个时候，只听教头高喊一声："各位学子注意，第一轮比试现在开始！"

听到教头宣布开始，闵江不再左顾右盼，立即拿起弓箭，然后气沉丹田，将弓拉满，等教头一声令下，便将箭射了出去……

第一轮的比试最简单，自然结束得也最快，十支箭射出之后，结果便马上出来了，闵江和蒋方道十箭皆中靶心，且力透箭靶，并列第一。

第一轮比赛结束，教头更换箭靶的工夫，闵江趁隙又向人群中看了一眼，结果仍旧没有看到书勤的身影，不仅如此，段青云和闵浚也都没有看到，这倒让他觉得有些奇怪了。就算书勤和段青云不过来，闵浚口口声声说要亲眼看他夺魁，怎么可能也不过来？

闵江又向场中看了看，发现并没有剑生前来报信，也就是跟着闵浚他们的暗卫并没有发觉出不对劲儿，他这才稍稍松了口气，猜想闵浚应该是有事耽搁了。只是，即便如此，他的心中还是颇为忐忑，注意力自然也就没有刚开始的时候集中了。

"喂喂，刚刚是怎么回事，我听说你同一个姓蒋的学生打赌了？"

一轮过后，杨大少竟然位列第五，紧随蓝少陵其后，这让他对自己的超常发挥很是满意，自然也想起了比试前听说的事情，特意挤过来询问。

"跟你有什么关系，你还是好好准备下一场吧，下一场可没这么简单了。"看到哪里都有他，蓝少陵撇撇嘴，"活动靶呢，你行吗？"

"嘿嘿，实不相瞒，我以前跟我爹到林子里打过兔子，射中过好几只呢！"杨廉笑嘻嘻道，"所以，我觉得我自己还是挺有天分的，这次搞不好真能参加那个什么诗会。"

"诗会诗会，你会作诗吗？"蓝少陵白了他一眼。

"我去吃还不行吗？反正能让林学监和我岳父知道我的实力就行了。"杨廉倒是心大得很，不过被蓝少陵这么一打岔，他倒是把蒋方道的事情给忘了。

休息了没一会儿，箭靶换好，教头立即高声喝道："第二轮比试，准备！"

众人听了，立即回到自己的站位上去，而蒋方道经过闵江身边的时候，狠狠撞了他一下道："别忘了你答应我的。"

他这一撞，闵江身子一侧就把大部分力道给卸掉了，但此时，蒋方道已经经过闵江的身边往前面去了，闵江扫了眼他的背影，视线再次投到了人群中去，结果却仍旧没有看到书勤和闵浸的身影。

而这个时候，只听教头高声喊道："比试开始，听我号令……"

此次比试，是让参赛者站成一排，每人都分配了不同颜色的竹箭，而站位则是提前抓阄决定，一旦教头高喊开始，箭靶便开始活动，学子们开始射箭，直到箭靶停止，谁射中的箭数多，射得准，谁就胜出。

闵江这次抓阄，抓了一个下下签，乃是最后一个箭位，这个位置只有到最后的时候，离箭靶才会最近，而蒋方道和杨廉则抓了中间的两个位置，可以说是两个最佳位置了。

随着教头一声令下，箭靶迅速移动起来，众位参赛者也急忙搭弓射箭，随着六种颜色的箭纷纷射向箭靶，让旁边观看的学子们眼花缭乱。

不过是片刻工夫，第二轮比试便结束了，接下来就是清理箭靶计数的时间。

大概等了一炷香的时间，结果便出来了，蒋方道因为射中十五箭，位列第一，而闵江则射中十三箭，排在第二位，蓝少陵射中了十箭，正好排在第三位。

所以，这第二轮，蒋方道积十五分，加上第一轮的满分十分，跃居第一，而闵江则以二十三分，排在第二。

比试结束后，蒋方道志得意满，立即便有好友前来祝贺他，蓝少陵则到了闵江的身边，愤愤不平道："你的位置本来就不好，可你不但射中十三箭，而且箭箭都射中靶心，按这个算的话，你应该是第一才对，最起码也该是平手。"

闵江拢了拢自己的箭囊，心不在焉道："规则是中靶既得分，他的得分的确比我高。"

说着，他的眼角又看了看人群，却发现仍旧没有书勤他们的影子。

看到闵江的眼神飘来飘去，蓝少陵终于发觉出不对劲，他用手指捅了闵江一下，低声道："喂，想什么呢，魂不守舍的！你要是输了，难道真的告诉蒋方道，那个姓方的已经被人一箭射中喉咙一命呜呼了？那他还不立即炸了！"

"我要真输了，自然是认赌服输。"闵江低声回应，"不过，不是还有最后一场吗？"

"行，不就是什么不鼓不释嘛，还能难倒你？别胡思乱想了，等一会儿比完了去问问不就知道了？"

"好了，别啰唆了，第三轮马上开始，你快点儿回你的位置上去吧！"看到用作击打鼓点的大鼓已经被搬到箭棚的侧前方，闵江不耐烦道。

虽然担心，可既然比试马上就开始了，蓝少陵只好回到自己的位置上去，只是，他刚走了没几步，便突然转回身，重新向闵江走来，而速度也比刚才快得多。

"又怎么了？你难道不想比了？"闵江眉头紧皱起来。

"不是！"蓝少陵的眼睛亮晶晶的，"你没看到吗？"

边说着，他的手已经指向了大鼓的位置："你看那是谁？"

顺着他的手指望去，却见大鼓的后面已经有鼓手就位，而这个鼓手不是别人，竟然是书勤，而在她旁边站着的则是闵浚，此时，见他们看过来，闵浚急忙对他们摆了摆手，笑嘻嘻地打着招呼。

"她怎么成了鼓手？"闵江见状一怔。

"等比完了，你再问她好了！"蓝少陵笑眯眯道，然后，他轻轻拍了拍闵江的肩，意有所指道，"亲自为你执鼓呢，你要是再赢不了，可就说不过去了！"

这次说完，蓝少陵才算放心地离开。

各位参赛者各就各位之后，只听教头高声宣布道："此轮比试，演奏的鼓曲是《秦王破阵乐》，各位学子根据鼓声节律连矢发箭，中靶即得一分，中靶支数相同者，精准者胜！现在各位准备……开始！"

随着教头一声令下，却见书勤执起鼓槌，在鼓上击打起来，立时，一阵有力的鼓声在射箭场上响了起来："咚——咚咚噔噔——噔噔噔噔——"

伴随着鼓声的起落，参赛者立即搭弓射箭，而箭靶旁边计数的夫子也全神贯注地跟随鼓点的敲击，开始计分。同前两次不同的是，这轮比试，并非只要射中了就能得分，一定是要跟着鼓点射出来的箭，才能得分，否则同样不得分，每个参赛者箭囊中的箭数目都是一样的，若是废箭射出的太多，即便到了最后跟上鼓点，却会无箭可用，那就只能认输了。因此，一开始的时候，大家都不急于发箭，都只是蓄势待发，准备卡住最精准的时机再出箭。

书勤是被闵浚拉来的，甚至可以说是诳来的，而他则是得了赵先生的授意，显然，赵先生还是不甘心她只报了一项，所以才会起意，让她为射术的比试执鼓。

以前在宫里的时候，每到公主心情好的时候，便会召集所有的宫女陪她游戏，那个时候，从没学过乐器的她，很是花费工夫找宫廷乐师学了击鼓。毕竟，相对于其他乐器来说，这鼓算是最容易掌握的，只要能记住节奏和力度就行，也是花费时间最少的。所以，在入门考校的时候，她特意选了鼓作为自己的乐器，敲了一首《将军令》，结果竟让她得了满分。

这次书勤只选了数术作为自己比赛的内容，让赵士谦很是可惜，所以便想到了她入门考校时的那首《将军令》，因此，便瞒着她定了这首曲子作为射术决赛第三轮比试的曲子。而为了让试题保密，他直到数术预赛结束，才让闵泼将她拉到了射场。

得知自己竟然被先生委以重任，甚至不出现的话还会影响射术比试的进行后，书勤只得硬着头皮来到鼓前。不过，眼看要开始的时候，她心念一动，换了曲目，改为节奏更激烈、速度更快的《秦王破阵乐》。

随着鼓被敲响，书勤突然觉得，自己这一阵子心中的郁气仿佛也破阵而出，让她觉得颇为畅快，她的眼睛立即扫向那些比试的学子，虽然她看不清哪个是闵江，闵泼也没来得及告诉她他在第几个，但是，一想到自己的鼓声就能定他们的胜负成败，总觉得心中很是解气。

于是乎，这样想着，她鼓点的速度也不由得加快了，一股气势庞大的恢宏之气顿时弥漫在射箭场上，就像是众人真的身处于战场上。

原本众参赛者引弓待射，可不过一会儿工夫，鼓声竟然变得比刚刚更激烈了，这打了众人一个措手不及，只得重新找射箭的时机。闵江自然也察觉出节奏的变化，不禁看向书勤，却见她的眼睛似乎在看向他们这些准备比试的人，只可惜她的眼睛扫来扫去，始终没有聚焦在他的身上。

不知怎的，闵江的心中突然有一股无名火蓦地燃起，然后他想也不想，便将手中的箭射了出去。

随着第一箭的射出，他的箭便一发不可收，如连珠般一支接一支射了出去，而且箭箭都抓住了最佳的时机，压在了鼓点上，于是，还不等鼓声停歇，他箭囊中的二十支墨羽竹箭便全都射完了，待发觉箭射光了，他的手往旁边一伸，用不容置疑的口气大声命令道："取箭来！"

由于他的位置在最边上，教头就在他的身边，所以，看到他伸出手来，教头虽然微微愣了下，有心拒绝，可是不知怎的在闵江难以抗拒的气势下，还是立即将自己的箭囊递给了他。而周围围观的学子，也似乎被他的精彩表现和风采震慑住了，非但没有提出异议，脸上反而充满期待，希望闵江继续射下去。

就这样，闵江继续搭弓射箭，直到书勤的《秦王破阵乐》敲完最后一下，他刚好射完教头箭囊中所有的箭。

鼓声停歇，整个射箭场中静了一静，而后却爆发出如雷的欢呼声，紧接着蓝少陵扔下自己的弓跑了过来，在闵江的肩头上捶了一下，笑道："真有你的，这才是你本来的风采！"

闵江一愣，转头看向他，却皱了皱眉："她好像很生气。"

"啊？"

蓝少陵一听，隔了好一会儿才意识到他说的是谁，说的是什么，一脸古怪道："你这轮的表现这么精彩，结果只告诉我这个？"

闵江没理他，而是再次看向鼓的位置，却见她不知道何时已经不见了，而此时，闵浚正兴高采烈地向他跑过来。

"大……江大哥，你射得太好了，什么时候教教我啊！"

"她呢？"闵江皱眉问道。

"啊？"闵浚也是一愣。

"你宋表兄呢，她刚才不是还在击鼓吗？"蓝少陵替闵江说了出来。

"她啊！"闵浚一愣，立即转回头去，一脸疑问道，"咦，我记得她就在我身后啊，现在哪儿去了……"

不等他说完，闵江已经扔下弓，离开了箭棚。

闵江就这么走了，闵浚一头雾水，搞不清到底发生了什么，蓝少陵隐约能猜出来，便拦住了他，没让他追过去。而这个时候，刚好教头宣布比赛成绩，闵江以十九中，位列第一。当然了，到最后，夫子们还是减去了他用教头的箭射中的那二十箭，不过，即便如此，在场的其他人也都远远低于他，而那个蒋方道，大概是因为从没有应和着乐曲射过箭的缘故，竟然只中了区区五箭。而蓝少陵，竟然也中了十三箭，一下子跃居此轮比赛的第二。

于是乎，三轮的分数加下来后，闵江积四十二分夺魁，蓝少陵三十一分屈居第二，而蒋方道总分三十，已经到了第三位，虽然他仍旧在三甲之列，但是同闵江的比赛却已经输了。

只是，虽然分数明明白白，蒋方道却仍旧不服，冲到蓝少陵和闵浚面前怒道："不公平，那个击鼓的宋勤是跟你们一伙儿的，否则这么难的比试，他怎么可能只射失了一箭？"

闵江虽然不在，可是闵浚和蓝少陵在，又怎么可能让他胡搅蛮缠，闵浚立即道："你觉得不公平？实话告诉你吧，在决赛刚刚开始的时候，先生才找到我，让我无论如何要把我表兄拉到射箭场来，我们也是到了这里才知道，他们要我表兄击鼓，直到你们比试前一刻,我们还都被蒙在鼓里好不好?"

蒋方道听了脸色一滞,但仍旧狡辩道:"即便如此,谁知道你们私下里是不是练习过?否则怎么可能赢过我?"

"哎哟,蒋兄呀,你不过是输了罢了,不会是输不起吧!"蓝少陵睨了下眼,"这一轮,不止一个人赢过你吧!就连杨大少也射中了八箭,而你却垫了底,难道考了你不擅长的,你就不肯认了吗?要怪,只能怪你太过偏科,这次考校,明明还考了乐科的内容,《秦王破阵曲》你敢说先生没教过?你真以为这书院是你家开的,就连比赛也要按着你擅长的项目比试?你以为咱们秦麓书院的学子们全都是不通文墨的武夫?"

"你……"蒋方道顿时哑口无言,指着蓝少陵说不出话来。

而这个时候,蓝少陵一下打开他的手指,冷笑道:"而且,江兄的分数只算了十九分,而他却射中了三十九箭,谁胜谁负大家的眼睛雪亮,只有不明是非的人才会跳出来质疑。还有一点我要提醒你,你说的是骑射两项胜了江兄才算是赢了,如今,江兄在射术上胜了你,就算你骑术赢了江兄,也只是平手,也没用了,所以,你还是别胡搅蛮缠了,因为,你已经没有机会!"

蓝少陵这番话,才算真正戳中蒋方道的要害,蒋方道的脸色立即变得煞白,他嘴唇颤了下,似乎想问什么,可看到周围喧嚷的人群,终究还是什么都没问,而后他一闪身,也离开了射箭场。

看到他走了,闵浸一脸的好奇:"什么赌约,我大……江大哥跟他赌什么了,他的脸色怎么这么难看?"

"嘿嘿,赌什么已经不重要了,反正他已经输定了,你就等着你江大哥帮你拿下骑射两项的魁首吧!"

闵浸信心满满道:"这还用说,这鼓今天不管是谁敲,我江大哥都不会输,不过,宋表兄的鼓敲得真不错,难怪入门考校的时候,她的乐科能拿到满分。但是怎么一比完,他们两人都不见了,他们去哪里了?"

"嘻嘻,不管去哪里,反正都同你无关。等一会儿你大哥回来比试骑术的时候,你自己问他好了!"

书勤虽然看不清比试学子的样貌,找不到闵江的位置,可是,当她发觉离她最远的那名学子,竹箭如同连珠般,一箭接着一箭射出来,她就知道,那人一定是江自流。

而一意识到这一点，她的鼓点节奏变得更快了，甚至连她自己都没想到，自己的鼓竟然能敲出这种速度。

不过可惜，随着她敲完最后一下，原有的那种畅快也随着鼓声烟消云散，她听到了场中爆发的欢呼声，也知道这一局他稳操胜券，只是，正如之前她想离开的时候所想，他的胜利同她又有什么关系？她要做的事情还有很多，没时间做那些虚无缥缈的事。

离开射箭场，来到内院的小花池前，书勤便停了下来，看着眼前郁郁葱葱的绿，总算是让她起伏的心平静不少。

深吸一口气，她正要离开，却听身后传来闵江的声音："鼓敲得不错。"

书勤心中一惊，急忙转头，只见他正倚在月亮门的墙壁上看着她，他的声音中没有任何起伏，但他这样看着她，却让书勤觉得有些不自在，于是笑了笑道："江兄的箭射得更好！"

"你看到了？"闵江盯着她问。

书勤摇摇头："江兄的位置离我太远了，我只是觉得，那人一定是你。"

这一次，闵江笑了，他走近她："你的鼓气势很足，而且杀气满满。"

"杀气？"书勤不由得一愣，"江兄是在夸我？"

闵江摇了摇头："我倒觉得，该是什么人惹了你。可是小公子？"

"小公子？"书勤愣住，笑眯了眼，"惹我的可不止小公子。"

"不止？还有谁？"闵江皱眉问道。

"江兄！"书勤突然道，"你为何突然改为参加骑射比试了呢？"

"突然参加？"闵江一愣，"我从一开始就只想参加这两项，并没有想参加别的。"

书勤又笑道："这么说，那日下山，江兄并没有买到笔了？"

"笔？"闵江眼神微闪，但还是答道，"没错，因为没在镇子里找到合意的笔，所以就没买。你问这些做什么？"

书勤看了看他的身后："江兄，骑术的比试要开始了，你快点儿回去吧，我还要准备下午的数术决赛，也要先回去了。"

书勤莫名其妙地问了这几句话，让闵江一头雾水，但是他可以看出，此时书勤的心情似乎好转了一些，只是，她心情的好坏，同她问的这几句话又有什么关系呢？

回到跑马场后，教头刚刚宣布让参赛者集合，蓝少陵正左顾右盼地寻着闵江，看到他终于回来了，急忙将他拉进集合的队伍，问道："谈得怎么样？"

"谈？谈什么，同谁谈？"闵江眉头微挑。

"当然是同……"向周围看了一眼，蓝少陵压低声音，"当然是同宋表兄谈了。"

闵江认真看了看他，突然道："你是不是太闲了？"

说完，也不再理会蓝少陵的继续追问，向左右看了一眼："人都全了吗？马上要比试了吗？蒋方道呢？他去哪里了？他不是也进入决赛了吗？"

"他呀！"听闵江提起，蓝少陵立即得意扬扬道，"我看呀，他应该不会出现了。"

"不会出现？什么意思？"闵江讶异道，"他不是还要同我比试吗？"

"因为他的比试已经没有意义了，不管怎样，他也赢不了你，赢不了你，就没法子逼你说出那个姓方的下落，所以，他比不比都无所谓了。"

"你是不是对他说了什么？"知蓝少陵者果然是闵江。

"嘿，就是跟他说了大实话，结果没想到，他竟然连来都不来了。他不来也好，最好明日的诗会也见不到他，那样咱们就可以痛痛快快玩半天，听说，这次书院把藏了几十年的酒都拿出来了。"

闵江撇了撇嘴："你这张嘴，简直比刀子还厉害，杀人于无形呀！"

没过一会儿，骑术的决赛就开始了，果然，蒋方道从头到尾都没有出现，也就是放弃了这次比赛，而这一次，闵江不费吹灰之力就拿了第一，蓝少陵则超常发挥，竟然拿了第三，也就是说，他们两个人重复占用了两个参加诗会的名额。

由于骑术的参赛者比射术要多，所以骑术教头就想让他们两个放弃骑术的诗会名额，这样的话，下面的参赛者就会补上来，可以让参会者更多一些。

闵江和蓝少陵自然无所谓，不过还不等他们同意，却见杨大少心急火燎地找过来，却是希望他们能放弃射术的名额，这样一来，他的名次会靠前些，兴许还有机会参加诗会。

蓝少陵听了笑道："就算我们两人放弃了，可你箭术的比试名次垫底，再怎么轮也轮不到你去呀！"

"不管怎样总要试一试，兴许我就能去了呢。"杨大少可怜巴巴地说道。

看他一脸的纠结，蓝少陵索性道："行了，江兄此次射术比试这么优秀，就算他想放弃射术的参会名额，教头也不见得同意，我去同教头说说，我顶着骑术的名额参会，这样就能让出一个名额来，反正我觉得射术教头也不会乐意我们一下子全占了这里的参赛名额，一边放弃一个，也算是公平。"

听蓝少陵这么说，杨大少也只得接受了，蓝少陵的建议也得到骑术和射术教头的同意，就在他去找教头时，闵江悄然离开，他让闵浸转告蓝少陵，他身体疲乏，先回去休息了。

"少陵哥哥，江大哥看起来闷闷不乐的，我不在的这段时间，是不是发生了什么事？"闵浸一脸担心地问道。

蓝少陵想了想，还是对闵浸道："他可能快要回去了，应该是还有些放心不下吧。"

"他这么快就要回去了？"虽然闵浸早就知道闵江在这里待不了太长时间，毕竟世子责任重大，府中还有很多事要他处理，可不过刚刚过了一个多月，他就要回去，闵浸还是有些不舍。

蓝少陵点点头，然后眼珠一转："所以，这段时间你多去找他聊聊天，聊聊你院子里的事情，这样他也好放心些。"

"聊我院子里的事情？"闵浸眼神微闪，然后撇嘴道，"行了，我知道了，你还真当我是三岁的小孩儿吗？"

说罢，他不再理会蓝少陵，径自离开了。

下午的数术决赛，可就比预赛的时候难多了，而书勤以总名次第三进入决赛，这让她心中多少有了些谱，知道自己这场比赛该怎么考了。

决赛仍旧是十道题，考题仍旧是从《九章算术》的各章中提选出来的，只不过，这次的难度就大多了。但是，万变不离其宗，书勤可以保证自己能做对九成，进入前三甲应该不成问题。于是，在比试快要结束的时候，她故意改错了第七道题的答案，将两个数字的位置掉了个个儿。这样一来，她就顺理成章地又错了一题，而且错得不动声色，即便赵先生那边问起来，她也有办法圆过去。

果然，第二天决赛的成绩下来，书勤正好名列第四位，赵先生还特意调了她的试卷查阅，可最后也只能作罢。

至此，六艺大赛圆满结束，六科共二十五名学子受邀参加下午的诗会。受邀者喜笑颜开，身边亲友与有荣焉，落选者唉声叹气，彼此间勉励劝慰，倒也让秦麓书院上下的风气益发向上，敦促学子更加力争上游了。终究不再是独独为了奉迎学监大人的到来而做的表面功夫。

闵浈听说书勤竟然落选，中午吃饭的时候便忍不住问道："宋表兄，你怎么可能落选呢？连杨大少那样的家伙都有可能参会了，你倒落选了，这到底是个什么大赛呀！"

原来，在通知诸位学子参加六艺大赛的时候，众人却发现蒋方遒不见了，在遍寻书院不着后，有人说看到昨晚蒋方遒从后门悄悄溜了出去，应该是下山了。

先不论今天下午的诗会蒋方遒还能不能参加，只是私自下山这一件事，蒋方遒就犯了书院的院规，不要说及时赶回来参加诗会，只怕就算回来了，也要接受严厉的处罚。为此，书院立即取消了他参加诗会的资格，参会人员根据决赛的名次，递次补上。

本来射术就只有六个人进入决赛，后来蓝少陵放弃资格，第四名就替补上来，结果这样一来，第五名竟然也有了参加诗会的机会，实在是幸运之至。

只是，消息刚刚放出来，哪想到第五名那名学子的夫子却突然告知教头他去不了了，因为就在早上，他接到了家里的急信，让他即刻下山，夫子已经准了他的假，他一大早就下山去了。于是乎，第五名的机会，落在了第六名的头上，也就是说，这次射术决赛，除了出事的和离开的，连最后一名都能参加诗会了，而这最后一名，正是杨廉杨大少。

这种情况让书院的夫子们始料未及，可规则早已定下，也不好再改，即便骑术那边有心把蓝少陵推回到射术这边，射术教头也不乐意接受，就这样，参加射术比试的学子们，几乎个个都成了赢家，当然了，这其中自然要除去那个突然下山的蒋方遒。

别人或许不知道蒋方遒做什么去了，不过蓝少陵猜，他应该是得了那个姓方的消息，才会心急火燎地下山，于是对一旁得意扬扬的杨大少说道："你的运气怎么这么好，不费吹灰之力就参加了诗会，你知道，射术比试这边的情况，让诗书比试的学子多眼红吗？"

"嘻嘻，这就是他们重文轻武的下场，你说是不是，江兄？"杨大少对一旁的闵江挤了挤眼。

今天，闵江终于肯来同大家一起吃午饭了，因为他有些明白书勤昨天为什么说那些话了，他来的初衷本是想向她解释，可真见了面又改了主意，觉得过于刻意，反而开不了口。所以，人虽然来了，却一直闷不作声，心中仍旧纠结于到底该不该说，要不要问。

所以，杨大少说的话，闵江根本就没听到耳朵里去，只是看着对面的书勤道："的确可惜了，你若是参加诗书比试的话，一定能夺魁。"

"有运气好的，就有运气差的，这也没什么，下次努力就是了。"看了闵江一眼，书勤迅速将视线收回，然后看着闵浚道，"倒是江兄拿了骑射双魁首，应该好好庆贺才对。"

"是吧，我江大哥厉害吧，我就知道他肯定能拿双魁。"闵浚也与有荣焉。

"骑射就算入选了又能如何，只能坐在末座，连学监大人的样貌都瞧不清。"这个时候，却听一个声音在他的身后响起，闵浚回过头去，却见周大同趾高气扬地站在一旁，而他的眼睛正看着杨廉，显然，他们两个的梁子是轻易无法解开了。

只是，他们的恩怨纠葛是他们自己的事，但周大同如此瞧不起骑射，这让闵浚很不高兴，撇嘴道："那周师兄可能参加诗会？"

这时，周大同旁边的一个学生替他答道："周师兄可是乐科第一名进入的诗会呢，周师兄弹奏的那首《凤求凰》，夫子听了直说好，就连学监大人也对师兄赞誉有加呢。"

"那就恭喜周师兄了。"不欲同他们争辩，书勤给了闵浚一个眼色，向周大同祝贺道。

"嘿嘿，不就是卓文君当垆卖酒，司马相如一曲抱得美人归的那首曲子吗？其实呀，我看这个司马相如忒不是东西，人家卓文君好好一个千金小姐，跟他私奔当了村妇，结果他飞黄腾达之后就想娶小老婆。也不知道周兄是羡慕人家可以带千金小姐私奔呢，还是羡慕人家有了钱后娶小老婆呢？这以后呀，哪个小姐见了周兄可要当心了，可不能自己往火坑里跳呀！"

虽然书勤想息事宁人，可杨廉不是省油的灯，尤其是自己现在志得意满能参加诗会，却有人故意过来给他添堵的时候。只是，他这一番话却颇有道理，让周围的人忍俊不禁，有的甚至还笑出声来，这让周大同一下子变得面红耳赤，于是他指着杨廉道："你以为参加诗会就是吃吃喝喝吗？还有曲水流觞，即兴作诗，你就盼望着酒觞到不了你面前吧，不然，等你出了丑，学监大人一定第一个饶不了你。"

说完，他一甩袖子，带着几个同学离开了。

"曲水流觞？即兴作诗？什么意思？"杨廉愣了下，向旁边的蓝少陵问道。

斜了他一眼，蓝少陵道："你知道卓文君当垆卖酒，却不知道曲水流觞吗？"

"那是什么？"杨廉一头雾水，"卓文君同司马相如私奔后却做了酒馆老板娘，

"这个故事多有趣呀,我自然能记住,可这个曲水流觞究竟是什么?不是说书院藏了几十年的酒都取出来了,让大家去喝酒吗?至于作诗什么的,不作不就行了?"

"可以呀,要是作不出诗来,就罚酒三杯。不过我听说这次同以前还有些不同,据说书院里的学子们,可以写下题目,然后包在油纸包里从书院里面投下,这样的话,酒若是停在你面前,或者在你面前打转的时候,你除了捞起酒杯,还得捞出一个油纸包来,打开里面的题目,根据题目赋诗一首。"

"啊!想喝个酒还这么麻烦?那我若是作不出诗来,这酒就算喝到了,也不痛快。"杨廉立即苦了脸。

"所以,你是不是要重新考虑一下是否参加这个诗会呢?"蓝少陵笑眯眯道。

哪想到听了他的话,杨廉原本皱在一起的脸却露出了慷慨激昂的神色,拍着胸脯道:"不就是作诗吗,谁怕谁呀,再怎样,我也不能临阵退缩,给学监大人,给我岳父还有鹿儿丢脸……"

原本看他豪气干云,蓝少陵正要另眼相看,可紧接着却听他说道:"而且,这流觞也不见得就能停在我面前对吧,哈哈哈!"

众人这才知道他竟然抱着这种打算,各种鄙夷的神色纷纷跃然脸上,蓝少陵更是直截了当地说道:"你就这点儿本事?我还以为你会马上回房抱着书本死记硬背几首应景的诗呢。"

"临时抱佛脚怎么行。"杨廉说着,突然一拉蓝少陵的袖子,一脸谄媚道,"少陵兄,蓝少爷,蓝公子,到时候咱们坐在一起怎么样,我知道你才高八斗、学富五车,有你在,比什么书本都好使!"

杨廉正对着蓝少陵软磨硬泡,却见饭堂口进来一位夫子,好似监考数术比试的张夫子,他在饭堂里寻了一圈,看到书勤后,对她挥挥手道:"宋勤,过来一下!"

不知道有什么事,书勤立即走了过去,没一会儿,她就回来了,结果脸上的表情却耐人寻味。

"怎么了?"看到她的样子,闵江问,"可是夫子找你有事?"

书勤点点头,然后缓缓道:"夫子说,数术比试的第二名昨夜生了重病,今天已经被送到山下就医去了,所以参加不了诗会,因此,让我这个第四名补上。"

众人愣了愣,而这个时候,却是杨廉率先反应过来,一下子扑过来抱住书勤的胳膊:"宋兄弟,今日我可就全靠你了!"

午饭过后,离下午的诗会还有一段时间,众人便回自己的房间休息,不过,蓝少

陵和闵江刚刚走到学舍门口,却见赵敏萱正站在他们的房门外,应该是在等着他们。

看到是她,蓝少陵对闵江眨了眨眼,然后走过去问道:"赵小姐,有事?"

赵敏萱大方地笑了笑,看着他们两个道:"昨日你们进入三甲,我却没时间去后院亲自为你们助威,这是我送两位的礼物,庆贺二位赛场夺魁。"

说着,她拿出了两件绣品,一件是绣着山水的扇套,另一件则是绣着箭竹的笔套。

有闵江在,蓝少陵自然不认为赵敏萱对自己有什么企图,立即大大方方接过扇套,看了眼上面的花纹,笑道:"赵小姐的手艺真是不错,蓝某笑纳了。"

不过,他接过去了,闵江却丝毫没动,而是看了她的笔套一会儿,突然道:"昨日浸儿对我说,他在后院遇到宋勤的时候,看到你往前院去了,你可是对她说了什么?"

闵浸是先看到赵敏萱,才发现书勤的,只不过当时书勤是转身往回走。当时他急着帮赵先生找到她,便没有多想,只是注意到书勤一听说让她去后院,就面带难色。后来听到蓝少陵对他说的那番话,才越想越不对,因为很显然,当时书勤是要去后院的,但是遇到了赵小姐之后,才临时打算回去。

闵浸人小鬼大,昨晚闵江找他说话的时候,他就把自己看到的事情对闵江说了,这让闵江很快便联想到书勤前后态度的不同,今天中午他就想问书勤,结果到最后也没问出口,这会儿赵敏萱正好来了,他干脆就直截了当地问了出来。

"小公子?"赵敏萱一愣,然后笑道,"小公子这么说的吗?我们只是见面打了声招呼而已,我急着去前面送绣品,连停都没停呢。"

"浸儿虽小,但他不会平白无故同我说这些的。"闵江淡淡道,"还是让我直接去问宋勤?"

这一下,赵敏萱脸上的笑容挂不住了,蓝少陵见状,忙道:"我想起来了,夫子刚才让我过去一趟,你们先聊着,我去去就来。"

只是,见他想溜,闵江却一把将他拦住,眼睛并不看他,说道:"你不用躲开,正好也一同听听赵小姐怎么说。"

闵江的话让赵敏萱的脸色立时变得通红,她咬了咬唇,低着头道:"世子爷,我知道您怎么想的,也猜到您怎么想我。只是,我今日真的只是给你们送礼物来的,昨日也只是刚好在后院同宋勤打个招呼而已,你不问她,却只逼问我,敏萱究竟做了什么事,你竟对我厌恶至此,不惜步步相逼吗?"

说到这里,她浑身颤抖地抬起头来,盯着闵江道:"若说我真做了什么,也只是喜欢了世子而已,难道就因为我喜欢了,世子就视我为洪水猛兽,处处提防,处处看不起我吗?"

说着,她从自己的篮子里翻出另外几件绣品统统摊在他们面前,颤着声音说道:"你以为这礼物只有你们有吗?我给宋勤也绣了一件,甚至连那个杨廉也有,进入三甲参加诗会的二十五个学子也是人手一个,只不过你们的绣品我是亲自送来,而其他人的则已经分发给他们的夫子,让他们的夫子交给他们。就连浸儿,我也顺手帮他绣了一个荷包。世子爷,你真以为敏萱是那种不知廉耻的女人,哪怕被你拒绝得那么彻底,仍旧不肯放手吗?"

说完,她把杨廉的、闵浸的,以及宋勤的绣品全都一股脑儿塞到了闵江的手中,然后便头也不回地离开了。

她这番话,让闵江的脸上一阵红一阵白的,待她走了好一会儿,蓝少陵在他肩膀上重重拍了几下道:"世子爷,对付女人,你不行,你真的不行!这些东西,你就自己给他们吧!"

说罢他摇着头叹着气,径自进了屋里,只留下闵江一个人在门外拿着一沓子绣品,脸上的神色也越发尴尬阴郁。

第十七章

一枕黄粱余相思

　　为了这次诗会，书院足足准备了一个月，此时终于到了举办的时候，书院的众位夫子们总算是能松一口气了。如今六艺大赛已经结束，各项的三甲也已经决出，只要等今晚的诗会一完成，送走林学监这尊大神，书院便又可以恢复往日的平静了。

　　不过，直到下午诗会召开，蒋方道都没有回来，而书勤顶替的那名学子也最终没有脱离危险从山下返回，于是，众人便一同离开书院去了后山的溪边，准备同学监大人同乐。而在书院中，其他学子已经准备好自己绞尽脑汁想出的题目，随时准备投入进来，好刁难下这些在比赛中胜出的学子。

　　虽然学子只有二十五个人，但是都是沿溪而坐，因此坐得比较分散，而且，根据书礼乐数射御的顺序，围着林学监和众夫子，分散排开，周大同说的果然没错，射御排在最末，也就是离林学监最远的位置。

　　不只射御，数术获胜的学子也排得稍微靠后，跟射术比赛的获胜者挨着，这也让书勤轻松不少。因为虽然都是沿溪而坐，但是树林中树密林深，溪水蜿蜒，在枝叶的遮挡下，只要她坐得稍微远些，就算是对方眼力再好，怕是也看不清她的样子。

　　众位学子一坐好，赵士谦便念诵了一首骈文，歌颂当今皇帝陛下和盛世，而后便是林学监宣布诗会的开始。随着他一声令下，便立即有小童给林学监和各位夫子以及参加诗会的学子们送上瓜果水酒。

　　诗会一开始，先由乐科的获胜者为众人弹琴助兴，诗书的获胜者们则在林学监的要求下，一人作了一首应景的诗作。由于离得较远，书勤他们根本听不清楚学子作的诗文，只知道他们得到林学监的赞赏，甚至还给他们一人一支溪石斋的狼毫作为奖赏。因为同他们没什么关系，书勤他们倒也乐得自在。

　　林中微风轻拂，吹得树叶哗哗作响，脚旁溪水凉凉，扑面而来就是一股清新凉爽的水汽。书勤从没想到书院后面的山谷中竟有此番洞天，若不是此时林中学子济济一处，书勤真想就这么把鞋袜除下，好好把自己的脚浸在溪流中，感受下这攫取了天地间精华的灵气。

　　数术和射术的学子坐的位置最近，而想让书勤帮忙的杨大少，则干脆坐到紧挨着书勤的位置上，看到她望着一池溪水似乎心情很好的样子，一脸谄媚地说道："宋师弟可是觉得这秦麓峰景色宜人？"

　　"整日关在书院里不曾来过，这秦麓峰的景色果然别致。"书勤笑道。

　　"嘿嘿，你要喜欢，等下次休沐的时候，我让家里人把好酒好菜搬上山来，咱们到时候在山上好好观赏一番如何？我记得再往上走还有一处鹿角潭，虽然没有山泉溪水，玩不了曲水流觞，可那么大的一处水潭，周围的景致另有一番风味。这山上还有兔子山鸡，到时候咱们打几只野味，就地烤了，再就着美酒佳肴，岂不快哉。"

杨大少的话还真让书勤有些动心，不禁问道："这山上真有兔子山鸡？不会碰到猛兽吧。"

"只要你不去特别深的林子里应该就不会遇到，而且白天那些猛兽也很少出来，毕竟这秦麓书院已经开了近百年，那些野兽其实也是怕人的，除非春天天刚暖的时候饿急眼了，否则它们白天基本上都在林子里窝着。"

"看来杨兄对这秦麓峰了解得不少呀，不愧是本地人。"不知道何时蓝少陵也凑过来了，阴阳怪气地说道，而他的身边，竟然站着闵江。

中午的时候，杨大少脸变得太快，蓝少陵还没反应过来，他就变换了"山头"，对书勤奉承去了，这让蓝少陵心中非常不爽，本不打算过来，可耐不住有人威逼利诱，只得陪着闵江凑过来。

看到是蓝少陵，杨大少挠了挠自己的后脑勺，嘻嘻笑道："蓝公子，你来啦，你不是在骑术那边吗？"

"怎么，现在还怕我靠得近了？"摇着自己的扇子，蓝少陵哼道，"行了，小爷也不同你一般见识，我陪江兄来，是有东西要送给你们。"

"送东西给我们？"杨廉的脸上满是疑惑，"江兄为什么要给我们送东西？"

书勤听了也颇感奇怪，歪头看着闵江："江兄可是有事？"

闵江犹豫了一下，从怀中拿出那几件绣品，递到书勤面前："这是赵先生吩咐人绣的，参加诗会的每人一件，你们的，我代领来了。"

杨廉看了眼睛一亮，立即从闵江手中将两件绣品都拿了过来，然后取了其中一只钱袋在手中抚摸了一会儿，笑呵呵地对闵江道："多谢江兄，我就说嘛，刚才看到其他几个学子拿出来显摆，说是进入三甲的奖品，我还以为没我这个替补的份呢，竟然真有。"

说着，他把两样绣品往书勤的眼前递了递，眼神闪烁道："宋贤弟，你喜欢哪个？你先挑吧！"

不过紧接着，还不等书勤说话，他又道："其实我觉得这个书袋不错，虽然花纹简单点儿，可正适合装书呀。"

"你想要钱袋就直说。"蓝少陵撇嘴，然后一把揪起杨大少，"跟我来，我有话对你说。"

"你有话对我说？"杨廉不由得一愣，"什么话？"

"让你过来就过来！"蓝少陵说着，把杨廉拽走了。

杨廉一被拽走，闵江便立即坐到他的位置上，但是一时间却不知道该说些什么，而书勤看了眼手中的书袋，想到那日在赵敏萱的篮子里看到的扇袋，笑了笑道："可是敏萱小姐亲手绣的？"

"你怎么知道？"闵江皱眉。

"赵小姐的绣工在书院是出了名的，不然，刚才杨大少又为何那么激动？"书勤笑眯眯地道，"听说给各位官员的礼物，也是赵小姐亲手绣的绣品呢。"

既然不想纠缠，有些话她也就不必说了。

"这我倒不知。"闵江愣了一下，"她的绣工真有这么厉害？"

看到闵江的样子，书勤更肯定自己之前的猜测了，于是一笑，看着身侧的小溪道："杨大少刚刚说，这山上有一处鹿角潭，景致很是不错，还有野味可猎，江兄可有兴趣？"

"鹿角潭？"闵江看了看她，"你想去？"

书勤点头："江兄可愿同往？"

闵江算了下时间，觉得自己还可以再把离开的日子拖后几日，他正要点头，却听溪岸边传来一阵欢呼声："来了来了！"

两个人立即向小溪的上游望去，却见有些明明暗暗的东西沿着小溪从书院方向蜿蜿蜒蜒漂过来，暗色的为酒觞，明黄色的是油纸包，它们同忽明忽暗的树影交相辉映，给原本清澈见底的小溪笼上一层神秘。

书勤他们这边虽然离林学监很远，不过离书院很近，所以，这些酒觞必然会先经过他们跟前，才会往林学监那边流去。

看到这些酒觞从眼前漂流而过，书勤想了想笑道："其实杨大少的担心完全是多余的。"

"怎么？"闵江眉头一挑。

"你看这溪水，越往下水势越平缓，咱们这边水流都急得很，看来选这一段作为宴饮之地，先生们是颇费了番心思呢。"

闵江一看，果然如此，也笑了："宋贤弟果然细心，不过这样一来，想要喝上书院藏了几十年的美酒，也就不容易了。"

"想喝还不容易。"书勤眨眨眼，然后一伸手，就从水中捞出一只酒觞来，然后顺手又捞起一个油纸包，递给闵江，笑着说了声"请"。

闵江一怔，下意识地接到手中，随后他将酒觞放在桌案上，打开了纸包，只见上面写着两个词："竹楼""肝肠"。

"这是……题目？"他微微愣了下。

此时，听闻有人捞起了酒觞，已经有小童捧着纸笔跑了过来，一看捞起题目的是闵江，便将纸笔铺在他的桌子上，笑眯眯道："江兄请应题！"

见第一题竟然被射术骑术第一的江自流给拦住了，已经有学子围了过来，蓝少陵拉着杨廉也回来了，看到此番情形，笑着起哄道："江兄，请应题！"

闵江抬眼看了书勤一眼，却见她躲得远远的，一脸无辜地看着他，脸上还笑眯眯的，便知道自己大意间被她耍了，但是题目已在手，酒也在手，又是在众目睽睽之下，他只能硬着头皮接下。

于是，他先将酒觞中的酒一口气饮下，然后拿起笔来想了想，就在纸上迅速写了起来：

暮晚竹楼卷清风，素手书卷香。皆缘书中风景，鬘轻舒、笑靥长。近眼前，远天涯，恼离人。相见不识，欲恼还休，最磨肝肠。

蓝少陵离他最近，看了他填的词，"扑哧"一下笑出了声，闵江白了他一眼，将写好的词递给一旁的小童，小童立即收了纸笔，快速拿去给学监看了，而这个时候，书勤才靠近他，好奇道："江兄写的什么？"

闵江一笑："想看，刚刚为何躲得那么远？"

书勤摸了摸鼻子，干笑两声："人太多了，把我挤出去了。"

说话的工夫，似乎又有人捞起了酒觞，于是人群便散去，蓝少陵也带着杨廉凑热闹去了。

闵江重新坐下来，看着书勤道："拜宋贤弟所赐，这酒我也喝了，诗我也写了，宋贤弟是不是也该给我作首诗呢？"

"作诗？"书勤笑了下，"我作了诗，江兄就告知我你刚刚所作的诗作？可以是可以，但这可不是曲水流觞的诗，江兄可不能给别人看。"

"好。"闵江点头，"那就用同样的题目吧，这样宋贤弟也不算白白捞起酒觞和试题。"

"同样的题目？"书勤想了想立即点头，"好，就用同样的题目。"

说着，她用手蘸了蘸溪水，开始在桌案上写了起来。

闵江一怔,连忙将头凑了过去,却见书勤在桌案上写道:院浅金风鸣飒飒,路晚人声歇……

她刚写了两句话,却见看热闹的蓝少陵赶了回来,然后对闵江神秘道:"江兄,你可知今日写的诗会如何处置?"

被蓝少陵打搅,闵江的脸上有些不悦:"如何处置?"

"等林学监点评后,会将这些诗词装订成册,好留给日后前来求学的学子品鉴。"

"这样一来,我岂不是就不用作诗了?"书勤听了笑道,然后用手一抹,将桌案上的水渍全部抹去了。

"你这可是要耍赖?"闵江哼道。

"是呀,我就是要耍赖。"书勤笑嘻嘻地回答,然后看向蓝少陵,"蓝公子,看你的样子,似乎还有话说。"

"呃……是有些……"看到他不过是离开了一会儿,这两人竟然开始"打情骂俏"了,蓝少陵实在是叹为观止。

他认识闵江这么久,何时见过有人这么大大方方向这位世子爷耍赖后还能好端端地站着的,即便是他,若是想要耍赖,也要先掂量下自己的拳头是不是硬得过这位世子爷的拳头。

而如今,看到闵江一脸的无可奈何,而某人竟还若无其事地同自己说着话,他一时间竟忘了回答书勤的问题,后来书勤催了他好几次,最后是闵江不耐烦地说了句"问你话呢",他这才反应过来,干笑道:"的确实有事,听说一会儿林学监要下来给诸位学子一一敬酒,而对于作了诗的学子,更是要好好奖励一番呢。"

林学监要下来向各位学子敬酒?

书勤不由得一怔:"什么时候?"

"大概要过一会儿吧。"蓝少陵道,"总要学子们多作些诗,他下来才有意思。"

说着,他看向前面林学监所在的地方,透过树叶的间隙,可以看到,林学监正在同几个夫子拿着几张诗稿,应该是在品评着什么。如今他手中的诗稿还不多,想必要敬酒的话,还要再等一会儿。于是,蓝少陵又道:"大概等这一拨命题作诗过去吧,等一会儿就是自由发挥了,他也就没必要下来了。"

"哦。"书勤轻声应了一声，便坐了下来，脸上却再没有刚刚的轻松。

看到书勤似乎有心事的样子，闵江眉头微蹙了下："怎么了？"

他这一问，书勤才发觉自己的心思太过外露了，连忙收敛愁云笑道："林学监要来，杨大少应该会高兴吧，毕竟，他的荐书是林学监写的。他去哪里了？"

蓝少陵向左右看了一眼，也一脸奇怪道："刚才他一直跟在我身边呢，现在也不知道去哪里了。"

书勤眼珠一转："那我去找找他。"

说着，她便离开溪边往林子里走去。

"咦……"

要想找杨大少，不是应该沿着溪边找吗？

蓝少陵正要叫住她，却被闵江拦住了。

"怎么了？她找错方向了吧！"蓝少陵疑惑道。

"你还没看出来吗？"闵江撇嘴，"她根本就不想同林学监碰面。"

"为什么？难道是怕林学监认出她来？"蓝少陵恍然大悟，"对呀，她的身份，若是出现在这里，平安城的那位，应该是不会高兴的。"

"这我倒不知。"闵江眼神微闪，"我只知道多一事不如少一事。"

即便段青云是鹰卫，但是鹰卫的存在本就不能轻易让外人知道，她估计也是不知情的，所以，她也以为平安城的那位不知道她在这里。

所以，既然她不想，那他就由着她好了。

说到这里，闵江又低声说道："放心吧，自从山下那次，我就让人跟着她了，她不会有事的。"

而那个段青云，想必也在一旁跟着她。即便他不在，正如他所说，皇帝的鹰卫又不会只有他一个。

"好吧！"蓝少陵觉得自己似乎多管闲事了，摸了摸鼻子道，"那还是我去找那个杨大少吧。"

虽然书勤并不知道林学监能不能认出自己，但是，为了稳妥起见，她只能先躲起来。不过，进了林子里之后，她却发现林子另一边的景色竟然也不输于举办宴饮的地方。这里的溪水同之前的溪流应该是一条水系分成两条，只不过这边的水流更急，水面也更宽，不太适合做举办曲水流觞的场地。可即便如此，从书院中投放出来的油纸包，还是有不少漂到这条溪流中，书勤顺手捞起一个，打开来一看，却见上面写着

"天涯""一枕黄粱"。

她想了想低声吟道:"因缘起,天涯咫尺;因缘灭,咫尺天涯。三生有幸今相见,相见时难别易伤。繁华落尽有离恨,细水流年断人肠,思往事,惜流芳。心绪如麻,心思如絮,心结千千,却难忘。夜语幽幽,有君伴;朝华夕露,共君饮;卷牍朗朗,同君享。一枕黄粱,半世相思,各自平安……"

书勤在溪边静静地出着神,却不知有一个人影正站在她身后不远的大树后,那人的手中拿着一张精巧的小弓,而弓上已经搭上了一支去掉箭头、包着棉布的竹箭。

此时,弓已经满满地张开,箭随时都可能射出去。她对自己的射术非常有信心,一定可以射中宋勤的腿,而只要射中了,宋勤就会摔进小溪里,到时候,她只要稍微关心一些,宋勤女子的身份便会暴露于人前。而今日林学监也在,只要宋勤暴露了身份,就一定会被赶下山,到时候,就算她的父亲再惜才,也无可奈何。

只是,竹箭早已蓄势待发,听到书勤的诗后,她却有些犹豫了。

一枕黄粱,半世相思,各自平安……这个女人是要放弃吗?如果她自愿放弃的话,自己是不是就有了机会?

想到这些,她手中张弓欲射的箭向下垂了垂,就在这个时候,她的口鼻突然被人捂住,向一旁拖去。

她刚刚被拖走,便见一个黑影从旁边的大树上跳了下来,他先是往她被拖走的地方看了一眼,然后捡起她掉在地上的弓箭,收了起来,随即便又重新跃上大树,再次敛了声息。

将她拖到一处安静的所在,段青云扯掉她的包头和面巾,甚至连面巾下若隐若现的络腮胡子都一并扯下来。

然后他将这些伪装扔到地上,目光犀利地看着她道:"赵小姐,真没想到,赵士谦竟然有你这种胆大包天的女儿,你以为这样一来,即便被发现了,别人也只以为你是蒋方遒回来泄私愤吗?如果你被人赃并获,就如现在这样,就靠你这些伪装,岂不是让人笑掉大牙?"

看着段青云,赵敏萱抿了抿唇:"若是那样,也只能算我运气不好。"

"你就这么想进岭南王府?"段青云冷笑,"若是你父亲知道你的心思,怕是要羞愧得无地自容了吧!"

"我父亲?"赵敏萱沉吟了一下,"我父亲想过他的生活,可我想过我的生活,道不同罢了。我随娘亲在这深山里待了这么久，难道以后也要一直待下去吗？"

"那你可知，当时林子里看到你的人并不是只有我，若是让他们抓到，你怕是此生只能待在这里了。"

"还有谁？"赵敏萱闻言一怔，但马上明白了，垂下头，"我明白了，是世子的人，他竟然爱护她至此。"

"你是不是很庆幸自己刚才犹豫了？"段青云笑了笑。

赵敏萱垂头不语，隔了良久才道："谢谢你。"

"行了，把你身上的这身衣服留下。"段青云眯了眯眼，"你应该带了替换的衣服吧，好做脱身之用。"

虽然疑惑，但赵敏萱还是点了点头，然后走到一旁的大石后面将身上的衣服换下，递给段青云："你要这衣服做什么？"

段青云一笑："这你不必问，还有以后再不要妄图对她不利，不然，不只是世子爷，就连我也不会再帮你。"

赵敏萱的脸上闪过一丝犹疑："你到底是谁？你……不是来求学的吧？"

"呵呵，你记住我对你说的话就是了，至于其他，以后若是有机会，我一定让你心想事成。"段青云凑近她，在她耳边低低地说道。

赵敏萱打了一个激灵，她连忙向后退了一步，躲得远远的，一脸警惕地看向他："你是谁，到底想做什么？"

"这个你不必知道，你现在立即回到你该出现的地方去。你只要知道，有的时候有些事并非表面看起来那么简单就是了。"段青云说完，将赵敏萱给他的衣服卷了一卷，闪身消失在树林中……

书勤在这边的小溪旁等了好一会儿，不断地听到一林之隔的另一条溪岸处发出来的欢呼和赞誉声，又隔了一会儿，她甚至听到还有人高呼"学监来了"，她便知道学监已经下来巡视了。

她为的就是不同学监碰面，所以，听说他来了，她更不能回去了，直到听到喧哗声由远及近，又由近到远地离开了，估摸着林学监已经敬完酒回去了，她方才长舒出一口气，也准备回去。

只是，她刚刚踏入林中的小路没走几步，却听迎面传来赵先生的声音："学监大人，这溪水从书院出来便一分为二了，这边的景色也很不错。"

"哦，是吗？谨之呀，你这里的风景可真是羡煞我呀，若是我有这么一处逍遥自在的所在,也不想回平安了……"

"呵呵,山野村夫,山野村夫而已。"

两个人说着话,已经拐过小路走了过来,而这个时候,书勤想要藏起来显然来不及了,想要掉头就跑更是不现实,只得闪到小径的一旁,下巴微收,眼观鼻鼻观口地肃立在原地,等赵士谦和林学监到了近前后,垂着眼皮道:"拜见山长大人,学监大人。"

看到有个学生竟藏在林子里,林学监扫了她一眼,微微错愕了一下:"这位是……"见是书勤,赵士谦正奇怪刚刚在溪边没有看到她,于是连忙介绍道:"这位是宋勤,数术三甲的入选者,其实她对诗书更为擅长,不过这次却只提报了数术。"

说着,他的眼睛斜着看向林学监,偷偷地查看他的表情。端和公主在他书院读书的事情,他并没有向林学监提起,毕竟女子出嫁从夫,岭南王府同意,公主自己也愿意,这种事情完全没必要刻意知会这位学监大人。当然了,林学监若是问起或者认出公主的话,自己倒是不介意告诉他原委,但也只是告知他一下罢了。

而书勤的头此时却垂得低低的,轻易不敢再有别的动作,虽然她已经尽量让自己的脸上看起来平静有礼,可她仍旧能听到自己越来越快速的心跳声,她怎么也想不到,她千防万躲,竟然还会出现这种狭路相逢的情况。

眼下,她唯一能做的就是不让自己的表情露出半点儿怪异之处,让自己看起来一切正常,再然后,就是希望这位学监大人不会心血来潮,想在光线幽深的林子里看清她的脸了。

虽然她从来不信命,可此时却真的到了听天由命的地步。

"哦!"

幸运的是,林学监听了,并没有表现出多大的兴趣,只是点点头道:"六艺中,数术也必不可缺,今日来了秦麓书院,看到在谨之的教导下,书院学子各有所长,老夫实在是为陛下感到欣慰,秦麓峰上的各位学子,日后必将成为我大安的栋梁之才呀!"

"林大人谬赞了。"赵士谦连忙谦虚地说道。

林学监说完,便对书勤点了点头,随后与赵士谦一同离开了,却是急着要看林子另一边的风景。

直到他们离开林子好久,书勤才敢活动一下自己已经站得发麻的小腿。

她向后退了一步,深深地吸了一口气,又看了眼林学监离开的地方,却犹自不敢相信，自己这一关竟然这么顺利就通过了。

惊魂甫定下，她再也不敢耽搁，匆匆离开小径，生怕等一会儿他们出来的时候，再撞见他们，而等她再回到溪边的时候，呼吸已然恢复正常，又想起刚才发生的一幕，这才真正松了一口气。

想到这段日子自己算来算去，忧心忡忡的，结果却大大出乎她的意料，于是她忍不住自嘲般地低笑一声，摇头叹道："惊弓之鸟，差点儿做了惊弓之鸟啊！"

一时间，她的心情也变得格外好，就连溪旁幽暗的光线，也突然变得明媚可爱起来。

故而，等她回到自己座位上的时候，已经是满脸轻松，而此时，闵江见她步态轻盈地返回，不禁问道："你去哪里了？刚才林学监敬完酒，往那边去了。"

"嗯，我遇到他和赵先生了。"书勤笑了笑，"林子那边也有一条小溪，风景也不错，就是水流急些，他们应该是去那边赏景去了。"

"你遇到他们了？"闵江眼神微闪，"林学监可曾同你说话？"

"他夸赞先生教导有方，咱们秦麓书院的学子日后大有作为呢。"书勤笑着道。

"是吧，我就说是吧！"这个时候，却见杨廉被蓝少陵搀着不知道从哪里冒了过来，"他也夸我来着。"

"夸你什么？"

"他夸我大有潜力呢。"杨廉的脸颊红扑扑的，眼睛也红了，口中还喷着酒气，一看就是喝了不少的样子，而他的身上此时湿漉漉的，就像是刚从水里捞起来一般。

"你怎么喝了这么多酒，刚刚你到哪里去了，我怎么都找不到你？"书勤眼珠一转，问道。

"嘿嘿，我当然是喝酒去了。"杨廉说着一把搂住书勤的肩膀，指着书院的方向小声道，"这酒都是小童们放进溪水里的，于是我就跑到上游去了，他们放三盏我就能喝上一盏，几十年的汾酒呀，味道真的不是一般地好，比我家地窖里的酒都要好喝。嗝……"

随着一股酒气喷来，书勤忍不住捂住鼻子……这位杨大少到底喝了多少酒呀！

见闵江的脸上已然有了愠色，蓝少陵连忙一把将杨廉拉了过来，使劲捶了他肩膀几下，骂道："也不看看这里是什么地方，这会儿若是出了丑，我看你还怎么有脸见你的岳父大人。"

杨大少似乎醉得不轻，虽然被蓝少陵又捶又骂的，但也只是哼了两声，不过等他转头看到是蓝少陵后,却突然嘴巴一撇,哭丧着脸说道:"可是蓝公子,我把你当好朋友,你为什么要骂我……要骂我……呜呜呜,我不就是比你们差一点儿吗,就差一点儿……"

边说着,杨廉几乎哭出了声:"呜呜呜,林大人也骂我,他也骂我……我……我就这么差吗?呜呜呜……"

边说着,杨廉边嘟嘟囔囔地把头搭在蓝少陵的肩膀上,眼睛也闭上了,显然已经醉得不省人事,可即便如此,他仍旧"呜呜呜"地哭着,埋怨别人看不起他。

见杨廉闹得越来越不像话了,蓝少陵看了看天色,又向周围瞧了一眼道:"我看呀,这诗会也应该差不多结束了。书院里漂出来的题目早就没了,下面应该就是即兴作诗了吧,反正我不感兴趣,就先送他回去好了,省得一会儿丢人事小,再闯出大祸来。"

闵江点头,却看向书勤:"你呢,现在回去还是再等一会儿?"

从刚才开始,书勤就一直担心会被林学监碰到认出来,所以,根本就没有放下心来玩乐,而此时,她心中的大石已经落下,林学监也不可能再下来敬酒,她反而舍不得这里优美的景致了,于是笑道:"这酒我还没喝过呢,我再等一会儿,等天黑了我再回去。"

她不走,闵江自然暂时也不离开,蓝少陵只好带着杨廉先一步回去。而这个时候,随着天色越来越暗,溪面上已经几乎看不到包着题目的油纸包,反而是盛酒的酒觞中点了香烛,于是,酒觞盛着美酒在幽暗的林中沿着溪面缓缓而来,立即呈现出别样的景致。

"曲水流觞神仙聚,举尊相邀知音人。"看着水面上点点烛光,书勤有些出神地说道,"想当初王羲之在兰亭召集一众文人吟诗作赋的时候,只怕没想到他的《兰亭集序》会成为后世的经典吧,更没想到那次的'曲水流觞'诗宴,会成为后世学子争相模仿的雅事。"

"想不到的事情有很多,又何必纠结于此?"闵江听了低声道,"抓住眼下也就是了。"

"抓住眼下?"书勤转头看向他,笑道,"对,抓住眼下。"

说完,她看向溪中的酒觞:"不如江兄也为我取一觞酒吧,我好把欠你的诗还你,如何?"

闵江转头看向她，却见她的侧颜被溪光烛火映照得仿若透明的一般，他不禁有些失神，而这个时候，书勤刚好回过头来对他笑道："怎么，江兄是不想让我还了……"

刚说了这几个字，她却对上他的视线，书勤心中一紧，急忙收回目光，继续看着从上游漂下来的酒觞，掩饰道："天快黑了，若是江兄不想，我便回去了。"

说着，她转身便欲离开。

"别走……"闵江见状一把抓住她的胳膊，"我有话对你说，其实我……"

"江兄……"甩不开他的手，书勤盯着溪面突然道，"又有试题出现了，不如你先捞起来看看吧！"

闵江眉头挑了挑："这些试题与我有何干，我想说的是……"

"江兄，你的力气太大，你先松一下，我听你说就是。"眼见挣脱不开，书勤连忙道。

"好，我松开，你听我说。"闵江说着，慢慢松开了书勤的胳膊。

只是，他的手刚一离开，却见书勤突然沿着溪流向下走去，边走边说道："这会儿漂来试题好奇怪，咱们先去看看吧！"

说着，她已经沿着溪岸走了好几步。

"你又耍赖！"闵江一见，立即追了过去。

不过，书勤实在是高估了她的眼力和树林中的能见度，走了没几步便偏离了路线，脚下一滑，差点儿走到小溪里，幸好闵江及时拉住她，免除了她的落水之灾。

这样一来，两人贴得很近，气氛也更尴尬了，书勤还想再挣扎，却见闵江更紧地抓住了她，低声道："别再动了，你真的想让我现在松手，嗯？老老实实的，我说，你听！"

书勤闻言，只得暂时安分下来，因为她发现，闵江若是真的松了手，她只怕立即就会掉进水里。

不过，闵江正欲开口，却听前方传来一阵喧哗，似乎听到有人嚷嚷道："这……这个……必须立即禀告学监大人！"

"前面怎么了？"

书勤一怔，闵江也随之皱了皱眉，只得一把将书勤拉了回来，两人向前看去，却见有一个官员模样的人手里正拿着什么东西，急匆匆地往前面走去，应该是去找林学监了。

"他拿的是什么?"书勤看不清楚。

"好像正是刚刚漂过的纸包。"闵江眼神微闪,立即拉着书勤两个人走了过去。

刚刚走近溪边已经围成一圈的人群,便听到有人嘀咕"反信"什么的,闵江吃了一惊,急忙走过去问那位学子道:"什么'反信'?怎么回事?"

那学子一看是他,立即说道:"刚才有人捞起了用来包试题的油纸包,哪想到打开一看脸色就变了,正好有位同林学监一起来的大人就在身旁,他看了之后连说是'反信',便拿走了。应该是给学监大人送去了吧!"

众人正议论着,有夫子前来,说是诗会到此结束,让学子们赶快回学舍休息,这让大家心中更是揣测万分。

闵江与书勤也正打算离开,却见赵敏萱突然从前面急匆匆地跑过来,然后一把抓住闵江的衣袖,泪眼婆娑地说道:"世……江大哥,快随我来!"

"出什么事了?"闵江并没有急着跟她离开,而是皱着眉道,"怎么这么着急?"

"是……是我……"赵敏萱向周围扫视一圈,发现并没有别的学子注意到这边,方压低声音继续道,"我父亲……我父亲被林学监抓了!"

"什么!"书勤和闵江俱是吃了一惊。

第十八章
曲水流觴不太平

书勤和闵江赶到的时候，林学监已经要带着赵士谦离开了，竟是要连夜下山。他的随扈已经点燃了火把，火光忽明忽暗地照在周围人的脸上，众人皆是一脸的肃然。

看到父亲苍白的脸，赵敏萱一下子扑了过去，紧紧地抱住他，看着林学监道："学监大人，我父亲他绝不会同反贼勾结的，你们一定搞错了。"

同反贼勾结？

书勤和闵江对视一眼……这个罪名着实不小，真若是坐实了，只怕赵先生最轻的惩戒也是流放。

"你是何人？"一改往日的语笑晏晏，林学监一脸阴沉地问道，"快快闪开，有没有同反贼勾结，不是你说了算，我要把他带回平安城，交给陛下发落。"

"我是他的女儿。"赵敏萱闻言，将赵先生抱得更紧，"我父亲在这秦麓书院一待就是二十年，每日兢兢业业教导学子，怎么可能同反贼勾结？"

"正是因为他教导学子才可怕！"林学监的脸绷得紧紧的，"若只是普通人，又哪里比得上传道授业的先生更容易影响他人，他若真的有所勾结，只怕就不是一个人两个人的事情了，整个秦麓书院都要彻底肃清一番。"

听到林学监的话，原本一言不发的赵士谦突然开了口："学监大人，到现在我都不知道我勾结了哪个反贼，说了什么做了什么，让您如此对我。难道只因为您一句话，一封不知道从哪里漂来的纸笺就认定我勾结反贼的罪名，还要连累整个秦麓书院？你就算想治我死罪，也该让我知道因何缘故吧！"

"证据就在眼前，你还不肯承认。"林学监哼了一声，"还真是不见棺材不落泪。也罢，来人呀，拿过去让他好好看看。"

"是！"随着林学监一声令下，立即有人拿着几张纸笺走到赵士谦的面前，然后双手展开，拿着让他看。

借着火光，赵士谦迅速阅览上面的内容，脸色立即变了，然后他看向林学监："我从未收过这样一封信，定是有人陷害于我！"

"就算你从未收到过又如何。"林学监让人将纸笺收了回来，"他宋盲山若是同你没有这种交情，又何苦写信陷害你。我看，正是你没收到，才得以把这封信保留下来，否则这些信件只怕早在七年前，那宋盲山因涉嫌西川王的反案，被发配漠北的时候，你就已经烧毁了吧！"

宋盲山！

书勤只觉得自己眼前一黑，身子晃了几晃后差点儿摔倒，多亏闵江在一旁及时扶

第十八章 曲水流觞不太平

住她，他不禁皱眉道："怎么了？"

"没什么，只是站得久了，有些累了。"书勤脸色苍白，强笑道。

而这个时候，却听林学监继续说道："七年前，因为没有确凿的证据，只有一首反诗，陛下网开一面，只判了他流放，而如今，这封信重新现世……呵呵，只怕陛下看到了，会后悔当初太过仁慈。赵士谦，你也一样，我劝你还是早些向陛下交代你同宋盲山勾结的事情，否则你的下场也不会比他好多少！"

赵士谦听了浑身颤抖："林谢，你不要血口喷人，纵然我同盲山兄有些私交，但是，也从未从他口中听过对朝廷、对陛下的诋毁之词，更不要说同反贼勾结了。七年前，就是因为你的诬陷，盲山兄含冤莫白，才被发配漠北，如今，你又要诬陷于我吗？"

"我诬陷你？"林学监笑了笑，突然向赵士谦走近，仔细看了他一番后，哼道，"你以为自己还是当年在平安城春风得意的时候？如今你得罪了陛下，不过是一个教书先生，你有什么可让我诬陷的！"

"你……"听到林学监终于说出了心里话，赵士谦被气得脸色发白，颤抖地指着他，半天说不出话来。

"江兄。"正在这时，却听书勤低声道，"帮我一个忙，快去书院将其他学子叫来，越多越好。"

"你要做什么？"闵江眉头微挑，"其实，这件事倒不如交给我。"

书勤咬了咬唇："赵先生绝不可能同反贼勾结，所以我一定能想出办法证明那封信是假的，你去把他们叫来，省得一会儿先生被证明无辜之后，这个林广之还要抓他！"

"你能证明？你怎么证明？"闵江盯着她，"你见过那封信？"

书勤摇摇头："总之我能证明，这次我一定要帮赵先生。"

看到她一脸坚定，闵江犹豫了一下，点头道："好，我去去就来。万一有个什么不对劲儿，你一定要等到我回来。到时候，就由我来想办法。总之，绝不会让他们把赵先生带走就是。"

"好！"书勤点了点头。

交代完后，闵江便悄悄退去，而后书勤立即站出，大声说道："学生相信赵先生是被陷害的，而这个陷害之人一定是想蒙蔽学监，蒙蔽陛下，学监千万不要上当啊！"

随着她的声音落下,在场的众人立即看向她,看到角落里突然多了一个身材矮小的学生,林学监眯着眼睛道:"你是谁,怎么敢这么肯定?"

见大家都看向了她,书勤连忙低下头,对林学监拱了拱手道:"学生宋勤,学监大人可否将那封信给在下一观?"

"宋勤?你就是刚刚那个在林子里遇到的数术三甲之一的宋勤?"

"正是。"书勤点头。

"这次的事情可同数术没什么关系。"林学监冷笑,话中不无讥讽之意。

"学生对文墨也有些研究,大人让学生看看那信笺可好?"书勤又继续心平气和道。

"文墨?"林学监哼了一声,"那又如何,我已经看过了,这纸笺就是当初宋盲山惯用的雪花笺,雪花笺曾经在平安城流行一时,只有宋家的铺子有卖,价格高达十两银子一刀,在宋盲山被抄家流放后,宋家的铺子也关了门,市面上便再无这种雪花笺。这张雪花笺早已发黄发脆,应该是产出有一段时间了,至于笔迹⋯⋯呵呵,当初我们这些学子,无不仰慕宋盲山的大名,争相临摹他的字帖,所以,我一眼便可认出,这就是他的笔迹。所以,你觉得你一个乳臭未干的书生,还能搞出别的名堂吗?"

林学监的话让书勤心中一沉,没错,她正是想通过对纸笺和笔迹的鉴别来为赵先生脱罪。事到如今,无论别人怎么认为,她都不信宋盲山会勾结反贼,甚至还会在给赵先生的书信里大骂朝廷和皇帝陛下。所以,她认定,这封信一定是假的,只要是假的,就一定有破绽,她肯定可以看出来。

于是书勤在听完林学监的话后,第三次要求道:"学监大人,我只是要求一观,难道连让学生看看都不可以吗?"

就在这时,却听她身边传来闵江的声音:"大人千方百计不让我们看到这封被您认定为证物的信,难不成,您已经看出它有问题了,是怕我们瞧出什么吗?"

书勤回头,愣了愣:"我不是让你⋯⋯"

"放心。"闵江低声道,"定不会误了你的事。"

他转出林子,便立即让藏在一旁的剑生到书院去通知蓝少陵,这件事情交给蓝少陵办,必然比他还要合适,这家伙的煽动能力,可是他真心自叹弗如的。

书勤闻言,便也不再说话,闵江办事她自然放心,他说不会误事就一定不会误事。

而这个时候，闵江的话让林学监冷笑一声："好，你想看便让你看，也省得说我故意诬陷你们先生！"

林学监说着，对旁边的随扈挥了挥手，那人立即拿着信笺走到书勤面前。

纸笺到了眼前，书勤发现笔迹果然同宋盲山的字迹十分相似，等她再看了信上写的内容，不由得倒吸一口冷气，因为这信不但大骂了朝廷和当今的皇帝陛下，甚至还对十年前被满门抄斩的西川王一家充满惋惜和同情，大有惺惺相惜之意。这若是被送到陛下面前，赵先生和宋盲山绝不可能只是被流放了，怕是被砍头都有可能。

只不过，宋盲山又怎么可能在给好友的信中说出这番话来？这不是害人害己吗？而且，这封信的措辞也完全不像出自他的口吻，仿佛刻意为之，就像是有意骂给别人听的。

看完信后，书勤道："请把信纸对着火把，让我一观。"

随扈闻言，立即看向林学监。林学监点点头，便有人将火把拿来，而等对着火把仔细看了一番雪花笺的纹理后，书勤将鼻子凑到纸笺近处，使劲嗅了一下，脸上却立即露出古怪的表情。

让随扈将纸笺收回来，林学监哼道："怎么样，这下放心了？我没有冤枉你家先生吧？"

书勤对他拱了拱手，却道："学监大人果然不是故意冤枉我家先生的。这封信猛一看上去，的确是宋盲山写的没错，只不过，造假之人终究还是不了解宋家和宋盲山，而且，这封信做得太过仓促，他只要稍加注意，恐怕这世上再也无人能看出它是假的来！"

"什么？你说这封信是假的？"林学监的眼睛眯了起来，"我倒想听听看，你从哪里看出它是假的？"

宋勤微微一笑："学监大人先是看到了雪花笺，才会先入为主地认为这封信必是宋盲山所写，对吗？"

"难道这不是雪花笺？"林学监冷笑，"这上面的银纹难道是假的不成？"

"雪花笺的确以纸上暗藏银纹闻名于世，只是，学监大人，难道您忘了，当初雪花笺一出现，市集上便有大量仿冒的纸笺，这些纸笺价格便宜，可样子却同雪花笺几乎一模一样？"

"你是说，这雪花笺是当初的仿品？你怎么辨认出来的？"林学监眼神微闪。

书勤笑了笑："既然是仿品，做得再逼真，也会有不一样的地方，正如这封信，只要是假的，就一定有破绽。"

"你先说说，你为何认定这雪花笺是仿品吧！"

"是！"书勤应了一声，继续说道，"雪花笺之所以能卖到十两银子的高价，不只是因为它上面做出了银色的暗纹，更重要的是，这些暗纹哪怕经过数十年，都不会暗淡发黄。仍旧宛如刚做出来时一样明亮耀眼。所以，若是有人留存了十年前的雪花笺，便会发现，发黄的纸笺上银纹却仍旧暗暗闪耀，就连写出来的字，也似乎变得光彩夺目。而这张雪花笺，大人可看到了，它上面透出来的银纹已经发黄了，不再是银白色，所以，更谈不上发光了！"

"拿来我看。"林学监连忙招呼随扈道。

待随扈将纸笺送到他的眼前，他急忙拿过来对着火把仔细审视一番，果然发现原本银纹的地方，已然变成微黄的暗斑，甚至比纸笺本身还要暗淡，这让他脸色微变，略略思忖一下才道："就算如此又能如何，这肯定是十年前的纸张，万一是当时宋盲山随手抽了一张别的纸笺写信呢？所以，赵士谦还是要随我回平安城。"

书勤就知道他会这么说，笑了笑继续道："大人说的是，当然也不能排除这种可能，可是，还有一处破绽，只怕大人就不知道了。"

"还有破绽？"林学监闻言一愣，"什么破绽？"

看着他手中的纸笺，书勤低声道："再有就是，这用来写信的墨汁也有问题。"

"墨汁有问题？"林学监眉头一皱，"你刚才只不过闻了闻，就敢断言墨汁有问题？"

书勤一笑，坦然自若道："学监大人大概不知道，在这山下松阳镇上有一家丹青坊，他家就在两个月前出了一种新墨，价格不菲，他在墨里掺杂的松香，据说是从黄山运来的，比一般的松墨香气还要持久。不过，也不知道是不是他们制作的方法有问题，虽然他家的墨香持久，可是闻起来却总是有股木屑的味道。而这张纸笺上的墨汁味，正好有这种木屑的味道。也就是说，在这张十年前的信纸上，却是用两个月前才面世的墨汁写出来一封足以置赵先生和宋盲山于死地的反信……林大人，难道你还觉得这不是故意陷害吗？"

"墨汁里面有木屑的味道？"林学监脸上阴晴不定起来，"你就这么确定，这墨是山下松阳镇上的墨？"

"不信的话，大人可以让店主自己来辨认，他家自己产出的墨，一定认得。"

书勤笑道。

林学监犹豫了一下,对旁边的一名随扈道:"去,将那家丹青坊的老板找来。"

"是。"随扈应了一声,便急匆匆地下山了,而这个时候,闵江看了旁边的一棵大树一眼,便见树上有几片叶子动了动,却是有暗卫随着这名随扈一起下山而去。暗中保护之余,也省得让有心人趁这个机会做手脚。

事已至此,林中安静了些许,林学监的脸色也缓和了些,看着书勤道:"若真是如你所说,看来这件事情还真的有些蹊跷,可即便如此,'反信'之事是大事,绝不能就此了结,总要禀告陛下,让陛下亲自过问。"

言下之意,赵士谦还是要随他回平安城一趟,不过这一次,却比刚刚说得隐晦多了。

书勤听了笑了笑,突然压低声音凑近林学监道:"其实学生倒觉得,林大人还是别让陛下知道的好。"

"什么意思?"

书勤眼神掠过一丝锋芒:"若是这信笺和墨汁都有问题,就说明这封信肯定是假的了。而信是假的,那就一定是有人模仿了宋盲山的笔迹。到时候只要调查究竟有哪几个人能模仿宋盲山的笔迹就是了。不过,就我看来,既然他能用到松阳镇上两个月之前刚刚出产的墨汁,这人只怕现在还在附近,也许就在山上。而到了那个时候,只要看看那些人中,有谁在这两个月中在附近出现,甚至此时就在山上,就能找到栽赃之人了!"

说起能模仿宋盲山笔迹之人,这世上还真没几个,赵士谦自然能算上一个,只是,他没必要自己陷害自己。而此时在松阳镇附近,又能模仿宋盲山笔迹的另一人,就是这位林学监林大人了,因此,书勤一说,他顿时就明白了,当即狠狠拍了眼前的案几一下,怒道:"大胆!难道你是怀疑本官……"

"林大人,学生什么都没说,学生只是提醒您罢了,您若不想听,学生便将刚才的话收回。赵先生您带走即是,只是,那人既然是想害他,只怕还有后招,这一路上您一定要保护好他,他要是有个什么三长两短,难保陛下不会怀疑到您的身上去。就算退一万步讲,陛下对您信任有加,可是别人也会怀疑,比如……像我这样的人,以及……"

说着,她向后看了一眼,看到已经陆陆续续赶来的书院学生,笑了笑道:"以及我们整所书院的学子,今日的事情我们都看得清清楚楚,若是先生真有什么不测,我们一定会让陛下、让林大人给我们一个交代！"

随着回来的学子越来越多，已经有人向他们讲起刚才的经过，而赵敏萱更是把书勤适才的分析告知大家，立即便有学生嚷嚷道："没错，到底是谁诬陷我们山长，定要给我们书院一个交代。"

看到这些学子们群情激昂的样子，林学监脸色微变，沉声道："你们一个个想干什么，全都给我回去！"

只是，此时已经无人再听他的吩咐，刚刚蓝少陵召集大家过来的时候，已经添油加醋地将这边的情形说了一遍，他们早就义愤填膺，结果到了这里之后，发现明明已经证明先生是受了诬陷，可这个林学监竟然依旧不愿放人，更让他们怒不可遏，有几个学子已经跃跃欲试地想要冲过来，都被蓝少陵拦了下来，可即便如此，看到有如此多激愤的学生，林学监心中还是暗暗心惊。

而这个时候，却听闵江大声说道："大家少安毋躁，林大人并不是非要带赵先生离开，他是在等山下的汇报，只要丹青坊的老板来了，证明这写信的墨汁就是他们所出，就可以力证赵先生的清白，先生也不必被带到平安去了。"

"真的是这样吗？林大人！"听到闵江的话，蓝少陵站出来，质问道。

林学监此时已是骑虎难下，如今被闵江送了这么大的一个梯子下来，自然是稳稳接住了，当即便道："没错，若是证明这墨汁正是两个月前刚刚产出的，自然表明这件事是有人故意陷害谨之，我们也就不必再带他去平安了。"

"那好，我们就在这里跟大人一起等丹青坊的老板。"蓝少陵眼睛微眯，不紧不慢地说道。

"对，我们等他上来！"

"等他上来证明先生无罪，我们一起迎先生回去。"

"没错，我们一起等……"

此时天色已经擦黑，山路难走，就算林学监的随扈骑着快马，可这一来二去还要找人，就不是一个时辰就能回来的了。

即便如此，众学子还是陪着林学监在林子里等了足足两个时辰，直到丹青坊的老板被人从山下接了来。

由于时间仓促，丹青坊的方老板也只在路上向接他的人简单打听了一些情况，听闻自家产的墨汁竟然牵扯到勾结反贼的案子里，当即吃了一惊。

而等他上来后，简单听了书勤向他讲述的前因后果之后，方才松了口气，连忙

第十八章 曲水流觞不太平

道:"信在哪里,让我看看。"

林学监吩咐随扈将信拿给他,接过信笺,方老板不敢看上面的内容,而是急忙将鼻子凑到纸前使劲嗅了嗅,随后他抬起头来,略作思索,又将鼻子凑了过去,再次嗅了一遍。

就这样,在方老板足足嗅过四五遍后,这才对林学监拱了拱手道:"回禀大人,写这封信的人,的确用了我们丹青坊的墨汁。而这墨汁两个月前才在小店售卖,所以,不管这张信纸有多旧,都不可能是十几年前写出来的。"

随着方老板话音落下,周围的学子们立即发出一阵欢呼声,林学监脸色登时极为难看,但是不得不承认,他心下的确是松了一口气。于是他命人将赵先生放了,而后似笑非笑地看着他道:"谨之,你有一群好学生啊!"

赵士谦的脸上此时已经没有了这两天堆出来的假笑,垂着眼眸对林学监道:"是学监大人高抬贵手才对!"

"不敢,不敢!"林学监皮笑肉不笑道,"是我惹不起你的这帮学生!"

就这样,在学生们的簇拥下,赵士谦被送回了书院,临走前,他看着一旁满面笑意的书勤,眼中饱含感激地说了声"谢谢"。而林学监也有意无意地往书勤这边看了一眼,眼中却充满浓浓的恨意。

等自己的父亲和学子们都走了以后,赵敏萱凑到书勤面前,情绪有些复杂地说道:"宋公子,这次实在是太感谢你了,若是没有你,我父亲他今日只怕就真的要被带下山了。"

"赵小姐,赵先生是我的老师,我只是做了我应该做的,我总不能眼睁睁看着他蒙受冤屈吧。"书勤客气道。

这让赵敏萱脸上的神色更古怪了,于是她沉吟了一下:"不管怎样,还是要向你道谢的,对了,还有……江公子……"

她说着,看向一旁的闵江,却见他正看着书勤,脸上则满是笑容,这让赵敏萱的心中立即腾上一股异样,连自己都不知道日后该如何对待书勤了,于是她急忙低下头,咬着唇道:"这次……多亏了你们,日后……日后若是有机会,我一定会好好报答你们。"

说完这些,她对他们恭恭敬敬地行了个礼,便转身回去了。

见他们一个个都走了,蓝少陵却作势抹了一把汗,看着闵江道:"我还以为赶不及呢,幸好赶到了。"

书勤实在是没想到,蓝少陵竟然在短短时间内聚集了这么多学子来,实在是对他刮目相看,不禁笑道:"怪不得江兄不自己去找,他把这件事情交托给你,果然是托对人了。你不是跟着杨大少下山去了吗?怎么没走?"

蓝少陵闻言眼珠一转,笑嘻嘻道:"我要走了,还能看到这番热闹?我在半路遇到了他的舍友,正好托其带他下去了,本来正想返回找你们,哪想到就遇到这种事,只好先回书院叫人了。不过,到底是谁要害先生呢?"

"那纸包是从小溪顺流而下,有可能是书院里的人,也有可能是外面放酒的人,杨大少刚才不是说了,都是小童在放酒,问问他们,一定能找到些线索。"闵江想了想道。

紧接着他又转头看了眼书勤:"不过,今天太晚了,那些小童只怕也早已回去了,咱们不方便询问了。这件事情书院一定还会追查到底,咱们不如先养精蓄锐,等明日再好好调查。"

闵江说得有理,今天折腾了整整一天,大家的确没有力气再折腾了,便决定先行回去。只是此时天色已经彻底黑下来,各学子和林学监已经带着大批的火把离开了,他们三人中只有蓝少陵手里拿着一支小小的火把。

书勤正犯着愁,却觉得自己的胳膊被人扶住,随后闵江的声音响起:"跟我走。"

说完,他又对前面的蓝少陵说道:"你慢一些,天黑路滑,要是摔倒可就糟了。"

手臂被他托着,书勤知道自己眼神不好的事情他已经知晓,当即脸颊跃上两团红晕。可如今山中黑黢黢的,伸手不见五指,若是没有别人引着,自己一定会走到山沟里,抑或是掉进小溪里的,所以,虽然觉得别扭,也只能任由闵江扶着,而后垂着头轻声说了一句:"谢谢江兄。"

蓝少陵正想笑闵江太过小心,可一回头,看到两人的样子,他却立即将话吞了回去,更是不敢回头再看他们两个,心中则酸溜溜叹着……他这个从小一起长大的兄弟,莫非是红鸾星动了吗?那以后他一个人岂不是很无趣了?

三人各怀心思,就这么回了书院,闵江当然是要先送书勤回去,而到了小院门口,却见莲心已经等在外面了。见主子回来,眼睛一亮,立即迎过来。

将书勤交给莲心,闵江就打算离开。不过,刚要走的时候,却听书勤突然问道:

"江兄，若是今日我不能证明赵先生是无辜的，你想如何做？"

闵江微怔，然后笑道："我还没想好。"

"没想好？"书勤不由得一愣。

"是呀，当时我只是想着，偌大一座书院，三四百的学子和夫子都在这里看着，怎么可能让区区十几个人说抓人就抓人呢？而且还说带走就带走，这不是显得书院太无能了。"

"你……是想抢人？"书勤有些难以置信地说道。

"呵呵，怎么会？我的意思是，书院中卧虎藏龙，总会有办法证明先生的清白，事实证明，宋贤弟不就做到了？"闵江干笑道。

书勤想了想，笑道："江兄不愿说就算了，反正，我相信江兄就是。"

说完这些，她对闵江和蓝少陵拱了拱手："那我就先回去了，明天咱们再好好调查此事。"

书勤前脚踏进门槛，心中便摇头叹息，别看这位江兄说什么书院卧虎藏龙，其实他刚才的意思已经很明白了，若是不行就抢人。

只是，就算他同蓝家公子私交甚笃，也真的能把人抢回来，可是，他们怎么就不想着问问赵先生的意思。

身为一个名满天下的大儒，若是身上的罪名尚未洗清，就这么被不明不白地带走，又同畏罪潜逃有什么区别？对于赵先生这种重视名声甚于性命的人来说，他们这么做反而会害了他。谁知道他会不会一时想不开，来个"以死明志"？

如今她倒庆幸，幸好这个陷害的人仓促行事，才留下了这么多破绽，要不然此人能找到十年前的假雪花笺，又怎么可能找不到真的。就连破绽最大的墨汁，也是完全可以避免的，只要随便换一种墨，而且只需要换最普普通通的墨就天衣无缝了。到时候，真的雪花笺加上毫无破绽的墨汁，只怕谁都没办法立即帮赵先生洗脱嫌疑。

当然了，虽然墨迹的新旧也可以辨别出来，但是，那就必然要把先生带走才行。可只要这人一旦被带离秦麓峰，那变数可就难以预料了，即便最后仍旧能证明先生是被冤枉的，可免不了要吃一番苦头。

而且，正如她刚刚所言，那个陷害先生的人还随时窥伺在侧，谁能保证去平安城的路上他不会再次出手暗害先生，那样的话，先生岂不是危险至极。

书勤正沉思着，却听莲心在一旁说道："殿下，杨大少都已经回来那么久了，您怎么才回来，这天黑路滑的，万一摔倒可怎么办？"

"这不是有江兄送我回来吗?"书勤听了笑道,随即又有些好奇,"你怎么知道杨大少已经回来了?"

就是因为有这个江自流才麻烦!

莲心心中暗道,但紧接着她回答书勤:"是杨大少派人来问您,过几日还去不去鹿角潭了,要是去的话,他现在就派人下山准备,因为没几日就到休沐日了。"

"他都醉成这样了,还惦记着这件事情呢?"书勤哑然,摇头笑道,"你怎么回的?"

"我说主子不在,告诉他明天一早给他回复。"莲心又道。

"明天一早呀!"书勤想了想,"这样,正好江兄他们刚走,你出去赶上他们,对他们说……算了,还是我自己跑一趟吧,有跟你说话的工夫,我自己都到了。"

说着,她一转身出了门,追闵江他们去了,莲心见状,生怕她看不清路摔了,也急忙跟了出去……

书勤的话让闵江的脸色变幻了几次,直到看着她跟着莲心进了院子,蓝少陵这才捅了捅仍旧发呆的他,笑嘻嘻地学着书勤的口气,细声细气道:"不说就算了,我相信江兄就是……我说,她这是看出来你就是想着直接抢人吧!所以,她这么精明,你以为你的事还能瞒她多久?"

闵江斜了他一眼,转回了身,慢吞吞地往回走,然后幽幽道:"本来……刚才,我已经要告诉她了,岂知竟发生了这种事。"

"唉,今天这件事情,还真是多亏有她出头,不然依你的主意,就这么被你抢走了,赵先生怕是此生都无法平反昭雪了。"

"那又如何?"闵江眉头一挑,"在我岭南的地界上随便就想把人带走,我同意,我父王也不同意,大不了我们岭南王府养他们一家一辈子!"

"养他一辈子?"蓝少陵听了直摇头,"你想养人家,人家倒未必肯领情。你别忘了,这世上最讲气节的就是书生,搞不好,你救了他,反而出力不讨好,要是哪天在街上听到什么风言风语,人家一个想不开,呜呼哀哉了,你说你是救他还是害他!"

闵江轻嗤一声:"那总比现在就让他被人害死强,至于以后,只要他真没做过,有我们岭南王府撑腰,总会为他平反昭雪的!"

"你还真别说得这么满。"蓝少陵听了直摇头,"十年前的西川王一家未必不是

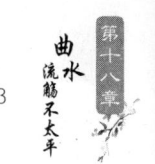

这么想的,可如何了?你这次要是真把赵先生给劫了,再让平安城的那位知道,只怕他也会把你们岭南王府看作第二个西川王了。他正愁抓不住你家的小辫子,你这不是主动送上门去?所以呀,这次她不但帮了赵先生,也等于是帮了你,帮你们岭南王府化解了一个大灾呢!我倒觉得你也该好好谢谢她!"

"嗤,难道你以为我会傻到让人查到岭南王府头上,随便安在山匪强盗的头上就行了,反正是生不见人、死不见尸。"闵江不屑地撇嘴道。

"嘘!嘘!世子爷,你小声点儿,当心隔墙有耳!"

蓝少陵说着,小心翼翼地向身后不远的大门处看去,却见大门紧闭,于是他急忙拉着闵江又向前走了几步,然后拐了个弯儿,在墙角处停下来。

"你可别提山匪强盗了,上次的事情还没解决,你又引到这伙人身上,这不是引火烧身吗?小心平安城的那位直接把这个罪名安在你们头上,若是再加上前几天跑马场的事,你又一次差点儿让她遇险,到时候,你可是浑身是嘴也说不清了。"

"我何必要向他说清!"闵江抬了抬下巴。

"何必说清?"蓝少陵摇头叹道,"世子爷呀世子爷,你别忘了,平安城的那位是你未婚妻的亲爹,差点儿被强盗杀掉的那个是你的未婚妻。你看我爹威风吧,可我娘说,他们成亲前,我爹在她爹也就是我外公面前,老实得像兔子,说话都不敢大声,我外公让他办事的时候,他干练利落得像只豹子,比我祖父说话好使多了。所以,就算不顾及那位的身份,好歹人家也是你名义上的未来岳丈,你也该好好收收你世子爷的威风了!"

闵江眉头微蹙了一下,却没有再说什么,而在这个时候,却听剑生的声音在一旁响起:"世子,小的有事回报。"

看到是他,闵江连忙道:"剑生?你怎么来了?这里不是说话的地方,回去再说!"

说完,便同蓝少陵一路往学舍去了……

随着他们谈话的声音渐渐消失,书勤拉着莲心从屋角处的阴影里闪了出来,莲心一脸的震惊,结结巴巴道:"难道……难道江公子是……是……"

"莲心……"不等她说完,书勤低声唤道,"我们回去。"

"世子,还不等我们出手,段青云就把那个人抓走了,因为他的身份,我们也不好过去,只得把那人留下来的弓箭拿回来了。"

接过剑生递过来的弓箭，闵江一脸凝重："这是书院的弓和箭，但是箭头被去掉了，上面还包了布，看来此人并不想伤害端和。"

　　"此人的身形样貌你可看到了？"闵江又问。

　　剑生摇了摇头："此人身材不高，浑身上下用黑衣遮蔽，在林子里极不容易发现，不过，我倒是从此人蒙面的面巾边缘，看到了胡子，想必此人应该是留着很多络腮胡。"

　　"身材不高，还留着络腮胡？"闵江喃喃道，又看了眼手中的箭，"而且擅长弓箭。"

　　"蒋方道？一定是蒋方道！"蓝少陵听了立即敲了敲自己的扇子，"这山上，身材矮小如女人，骑射却好，而且留着络腮胡的，一定是他。怪不得他不见了，原来是偷偷地藏在树林里准备干坏事？不过，他不是应该针对你吗？怎么反而想要射端和？难不成，他已经知道了端和的身份？"

　　闵江听了摇头："越是明显，就越不可能是他。"

　　说到这里，他又犹豫了一下，突然道："我要带她离开。"

　　"什么？"蓝少陵不禁一怔，"你要带谁离开？"

　　"当然是端和。"闵江抿了抿唇，"看来她已经成了某人的目标，那人想要对她不利，但是胆子却不大，只是，这胆量……可是有可能越来越大的！"

　　"你这是……要告诉她真相？"蓝少陵想了想，"可即便你告诉了她又如何，我看她很喜欢这里的生活，她未必会随你回去。"

　　"她若不想回去，我会强行带她离开！"闵江眼神笃定道。

第十九章

曝身份 风云暗起

秦麓书院后山有一处僻静的小屋,原本是山里的猎户在天气不好时用来暂时歇脚的地方,后来被赵士谦命人修成了一间"避风阁",还在小屋里放了全套的笔墨纸砚。一旦有文人学子在山中游得兴起,想临时挥墨的时候,来到此阁,便可以一气呵成。

白天的时候,这里会有小童看守,不过到了晚上,小童回去休息之前,便把笔墨锁进柜子里,这又成了猎户小兽暂时躲避风雨取暖的地方,也算是物尽其用。而今晚,段青云已经在这小屋里等了好久了。

终于,随着身后一阵微风拂过,一个人影站在了他的身后,对他拱了拱手道:"段公子。"

段青云回头,看着他似笑非笑道:"我记得你们说过,一定会万无一失的。"

来人顿了一下,低声道:"我们也没想到,这么快他们就解决了这件事,那个姓宋的学生果然厉害,要不要我们给他些颜色瞧瞧?"

"颜色?"段青云冷笑,"自己技不如人,却要给人家颜色看,这就是你们做事的风格吗?我不过是让你们把人带到山下,然后故意放水,让岭南王府的人把赵士谦劫走罢了,这点儿小事你们都做不好,我还怎么敢把其他的事情交给你们?"

来人身子一顿,没再吱声了。

"行了,这件事情就到此为止吧。"段青云挥了挥手,"如今的情形,咱们再轻举妄动,只怕就会被人怀疑了。善后的事情你们都做好了吗?"

"这点公子放心,他们绝不会怀疑到我们的头上。"

段青云点了点头:"行了,那你先下去吧,等有需要的时候,我还会放消息给你们的。"

"是!"来人应了一声,但随即却有些犹豫,俨然一副还有话要说的样子。

"怎么了?可是有什么可疑的地方?"段青云一眼便看出来了,问道。

"既然段公子不让我们教训那个姓宋的学生,那么有一件事不知道该不该禀报公子。"

"什么事,说!"段青云沉声道。

"就是那个林学监,在下刚才碰巧听他向随扈说起,似乎对那个姓宋的学生很不满,在明早离开前,好像他要再见一下那个宋勤,还说了什么看个清楚之类的话!大概意思,像是这个宋勤的神态样貌同某个人有些像。"

他的话让段青云心中一沉,他想了想,低声吩咐道:"这件事情,我知道了,你们就不要再管了，我自有分寸！"

听他这么说，此人似乎松了口气，连忙对他拱手道："那在下就先下去了！"

等此人走了好一会儿，却见段青云来到桌案后的柜子旁，用手拂了两下，柜子上的黄铜小锁便"咔嗒"一声打开了，然后他从柜子里取出纸笔，在一张纸笺上写道：西南有变，速速前往。

写好这张字条后，他拿出自己鹰卫的牌子，在上面盖了一个鹰形的印记，便将纸笔重新锁回柜子里，而后他便悄无声息地离开了……

早上的时候，天还没亮，林大人就带着随扈匆匆忙忙下了山，据说是西川那边出了什么事，他必须马上赶过去。

书勤是第二天早上到了讲堂才知道这件事情。不过，知道归知道，却没引起她心中丝毫波澜，因为昨晚她偶尔听到的那番话，让她整夜都没有睡好，时不时地还被噩梦惊醒，直到现在她还处于震惊中，轻易无法放下。

她正怔忪着，忽然眼前一暗，有人站在了她的案前，他的手在她眼前晃动了好几下，然后一脸关心道："你怎么了？怎么无精打采的，可是昨晚没睡好？"

书勤吓了一跳，连忙抬头看向他，出了一会儿神，便又迅速低下头，轻声道："没什么，江兄想多了。"

"想多了？我？"看到书勤连看也不愿看他的样子，闵江眉头皱了下，"你今天好像很奇怪……对了，下课了你晚些走，我有话要对你说。"

"下课不行！"书勤几乎想也不想便脱口而出。

"不行？为什么？"书勤的表现让闵江更觉得怪异了，盯着她的额头低声问道，"你现在就知道下课不行了？嗯？"

书勤这才抬头又瞄了他一眼，然后再次迅速低下了头，想了想道："下课后我要去赵先生那里，询问昨天的事情。"

"赵先生？"闵江直起身子，看着她的头顶，道，"好，我也一起去。"

书勤心中一紧，正欲再找个别的借口推辞掉，却见门外跑进来一个学子，一进门就大声喊道："昨天陷害先生的凶手找到了，竟然是蒋方遒，他……他是在后山被发现的……"

书勤闻言一惊，急忙从座位上站起来，向门外冲去，闵江一怔，也尾随其后冲出讲堂。

等书勤他们赶到的时候，已经有很多人聚集在后山的山谷里，有夫子，也有学子，赵先生站在众人的中间，正在指挥人给溪旁的一具尸体蒙上白色的被单。此时，已经有人下山报官去了。

"先生，这是蒋方遒？"看到被白色单子蒙住的那个躯体，书勤脸色一变，"他已经……"

赵士谦点点头，对书勤招了招手，示意她跟他到了一旁，低声道："我知道你现在怎么想的，不过，这件事情还是就此作罢吧！"

"先生，真的是蒋方遒陷害的您？"书勤吃惊道。

赵士谦摇了摇头："我的意思是，不管是不是他，这件事情你都不要再管了。"

"不要再管了？什么意思？"

赵士谦沉吟了一下："依照我的初步验看，蒋方遒是从悬崖上摔下来的，他的身上穿着黑色的衣服，脸上戴着黑色的面巾，以此来隐藏行迹，他的手上还沾着些墨汁，如无意外，只怕就是山下丹青坊的，甚至我们还从他的身上发现了尚未用过的、同昨晚一模一样的仿冒雪花笺的空白纸笺。一切的证据都指向了他，即便官府的人来了，应该也不会有其他的说法。"

书勤一怔："先生，这些都可能是真正的凶手在故布疑阵，而且，通过这件事情来看，那个凶手很可能还在山上，这样一来，您等于时时处于危险中啊！你就如此轻易放过凶手，不再追究了吗？"

赵士谦对她摇摇头："我的意思是，这件事情你就不要再管了，但是书院一定会继续追查下去的。如今，已经有一位摩崖族族长的儿子出了事，宋勤，你身份特殊，我只是不希望你也出事！"

"先生……"

书勤正要再说些什么，却见赵士谦摆了摆手道："总之，你们来这里是来做学问的，我不能让这些杂事分了你们的心，你们已经做得很好了，先生也很感激你，可这件事情处处透着蹊跷和危险，我不能让你冒无谓的风险。以后，你们还是心无旁骛地好好读书，这件事情交给先生来做，无论怎样，我都要给摩崖族族长一个交代才行！"

书勤知道赵士谦说得有道理，只是，这件事情若是只关系到赵士谦一个人也就罢了，哪怕是，同赵士谦牵扯到一起的那个人不是宋盲山而是其他人，她也不会这么上心。可问题是，偏偏这个人是宋盲山，而宋盲山不是别人，正是她被发配漠北的父亲！

七年前,她的父亲被小人诬告写了反诗,被皇帝发配漠北,而她则被籍没宫中为奴。可即便十年过去了,她也从未相信过父亲有罪,总想着有朝一日父亲能平反昭雪,他们父女俩能够团聚,这也是他们父女唯一能再度重聚的方法。

而就在昨天,竟然有人又牵出了十年前的那桩旧案,甚至还想再捏造一封反信,置她的父亲于死地,这又让她怎么能袖手旁观?

所以,昨日的事情,就算不为赵先生,即便为她父亲,为她自己,她也必须洗清赵先生和父亲的嫌疑,不然的话,她同父亲只怕今生都无法相见了。

只是,先生苦口婆心,全都是为了她的安全,她同宋盲山的关系又不能向他说明,所以,书勤只得点了点头,假装同意了先生的建议,可在她的心中却更想亲手把那个陷害先生,陷害她父亲的人找出来!

官府很快就派人上山了,他们勘查了现场,又简单看了下蒋方道的尸体,不出赵先生所料得出了同他一样的结论,随后他们便派人将尸体抬下了山。

事情暂时得到解决,诸位围观的学子和夫子们相继离开。不过,等人群散过后,闵江竟然发现杨大少也在围观的人群中。

大家散去后,他似乎还未有所觉,只是盯着刚才蒋方道躺着的地方发呆,脸色也异常苍白。

看到他样子有异,闵江不禁叫了一声:"杨大少?"

听到有人喊他,杨大少一愣,但是下一刻,他却撒腿就跑,闵江见状急忙追了上去,书勤也紧跟其后追过去。

闵江身手比杨大少快了许多,不一会儿工夫就追上他把他拦下来,而此时,书勤也跌跌撞撞地追上来,然后扶着树干直喘粗气:"杨大少,你跑什么跑,难不成你知道凶手是谁?"

"不是我不是我!"杨大少听了连忙摆手,脸色苍白地说道,"不是我杀了他,真的不是我杀了他!"

"不是你?"闵江冷笑,"我们可没说是你,你这是自己承认了吗?"

杨大少一愣,但马上哭丧着脸道:"真不关我的事呀,我只是……我只是骗他下山而已,至于他怎么会死在书院后面的山谷里,我……我真不知道……"

"你骗他下山?为什么?"闵江不解地问道。

"还能为什么,当然是为了参加诗会了!"书勤叹道。

原来,在射术第四名替补上去参加诗会之后,杨廉便动了歪心思,先是在蒋方道的房门口留了一张字条，说那个姓方的此时就在山下的驿站里，诳他偷偷出了书院大门下了山，然后又买通第五名的学子，给了对方整整一百两银子，让他借口家中有急事下山。而第二天早上，等大家遍寻蒋方道不着的时候，才让人说出他私自下山的事。这样一来，他果真因为名次的顺延参加了诗会。

可他支走蒋方道只是为了让他触犯书院的院规，丧失参加诗会的资格，根本没想过要害他性命。更何况，昨夜他喝多了酒，回去就睡下了，他学舍里的其他五名学子都可以为他做证，怎么可能半夜从学舍溜出来杀人？

向书勤他们讲了这几日发生的事情，讲到最后，杨大少的脸色已经恢复正常。因为他终于发现，自己没必要忧心过度，他充其量只是骗蒋方道下山而已，到时候书院该怎么罚他，他认了就是，再怎样总比杀人的指控轻。最严重的也不过就是被赶下山，重新回到松阳镇，继续做他的杨大少去！

说得越多，杨大少脸上越是轻松，等全部讲完了，他咳了一声，长出一口气道："就是呀，我躲什么躲，我跑什么跑呀，又不是我杀了他！"

"要不是你，他也不会离开书院，也许就不会成为凶手的目标，你说同你有没有关系？"闵江蹙了蹙眉头。

杨大少一听，脖子这才又缩了缩："好吧，我承认我心里是挺愧疚不安的，唉，以后我在家里给他设上长生牌位，逢年过节多给他烧些纸钱吧！还望蒋兄多多原谅，早日安息啊！"

杨大少说着，双手合十对着刚刚躺着尸体的地方拜了拜，嘴中则嘟嘟囔囔地念起"阿弥陀佛"。

看到他的样子，闵江转头看向书勤："如果蒋方道真是被人害死的，这个凶手出手如此狠辣，我看赵先生说的没错，这件事情你就别管了。"

书勤正在出神，听了闵江的话后下意识地看了他一眼，却又迅速地将视线收回，心不在焉地点头道："知道了。"

说完，她走向杨大少，却道："你跟我来，我有些话要单独问你。"

"单独……问我？"

杨廉一怔，却看向她身边的闵江，只见后者的眉头已经挤成了一个疙瘩，看他的眼神也凉凉的。于是他有心拒绝书勤的邀请，突然感到自己的胳膊一痛，竟然是被书勤掐了一下，他是强忍着才没有发出声来，所以只得乖乖地跟着书勤到了一旁。

将他拽到小路旁的一块大石后，书勤压低声音说道："你让人支走蒋方道的时候，有没有其他人知道？"

杨廉想了想，摇头："我是让我的小厮把信放在蒋方道所住的学舍门口，然后让他藏在一旁等着，结果蒋方道看到信立即就下山了，我家小厮是看到他出了后门才回来禀报我的，而且，我家小厮不识字，我也没告诉他信里的内容，所以，应该不会有人知道。"

"行了，我知道了。"书勤说着，转头就往书院的方向走去。

见她就这么走了，杨廉愣了愣，立即唤道："你……你就这么走了？"

书勤没理他，只是对他摆了摆手。

杨廉又向后看了一眼，再次小声喊道："那……那江兄呢，你不等他了？"

这一次，书勤根本就没再给他任何回应，只是头也不回地往前走，不一会儿就拐到大路上，不见踪影。

这个时候，杨廉只觉得自己的肩膀被人拍了拍，他回头，却看到闵江那张黑似锅底的脸。

"江……江兄！"

"她问了你什么？"闵江面无表情地问。

"她……啊，她问我，支走蒋方道的事，有没有其他人知道。"杨廉连忙答道。

"嗯，你怎么答的？"

"没有呀，没人知道啊！"杨廉再次道。

"哦。"

闵江应了一声，便头也不回地离开了。

他们两人一前一后就这么走了，杨廉不禁被弄得满头雾水，在原地怔愣好久才回过神来，摇了摇自己的脑袋，自言自语道："呃，这两个人……吵架了？不可能吧！"

闵江不知道书勤为什么突然疏远了他，可不管是何原因，他总要问个清楚，不过，他追了没有几步，却见从斜刺里冲出来一人，在林子里晃了几晃后就消失了踪影，他心中一紧，低喝了一声"什么人"，随即身子一闪，追了过去。

书勤匆匆回了书院，这一路上她已经打定主意，虽然事实已经很清楚了，她也不认为自己理解错了昨日听到的话，可她还是要去找闵浚问个清楚，问问这个江自流到底是谁。

她知道自己这么做可能是多此一举，但她还是想再确认下，只有再确认下，她才能死心！而且，她也很想知道，这位世子大人为什么要瞒着她，难道看她像笨蛋一样被他骗来骗去很好玩儿吗？

不过，一进书院的后门，她却看到蓝少陵迎面向她走来，于是她眼珠一转，立即走了过去。

看到她来了，蓝少陵连忙看向她的身后："江兄呢？你们不是一起去后山看蒋方道了吗，怎么这会儿才回来？"

刚才他正在上课，所以并没有在第一时间去后山，后来下了课去书勤他们的讲堂找他们的时候，才知道他们早已过去了，这才匆匆赶来。

只是，对于他的问话，书勤却一言不发，只是眼睛一眨不眨地看着他，这让蓝少陵心中有些发毛，嘻嘻笑着道："怎么用这种眼神看着我？我又不是凶手。"

"蓝公子，月儿她同我关系最好了，时常同我讲，她大哥人品极好，从不说谎话骗她，是个谦谦的正人君子。"看着他，书勤幽幽地道。

蓝少陵不由得打了个寒战，神色古怪道："你……你真听她这么说过？"

"难道不是吗？"书勤笑了笑，"她对我应该不会说谎话的吧！还是说，蓝公子在她面前同在他人面前完全不同，对别人却是谎话连篇。"

"啊！那个……江兄呢，我找他有点儿事。"看到书勤的脸色，听到她话中有话，蓝少陵隐隐感到大事不妙，就想溜走。

"不用找了。"书勤也不拦他，接着道，"我都知道了，他全告诉我了，蓝公子真是他的好朋友，竟然帮他隐瞒到现在，你们这是把我当笨蛋一样耍吗？还是觉得我好糊弄，看不清你们的真面目？"

书勤说着情绪激动起来，脸色涨得通红。

蓝少陵见状，也不敢走了，连忙道："你也别气，这事儿真不怪我，一开始我也不知道，是你那次坠马之后，我才知道的。"

坠马？坠马同他们隐瞒身份有什么关系？

书勤眼神微闪，准备套一下对方的话，继续装作生气的样子："我若是不坠马，你们打算瞒我到什么时候，瞒到我下山吗？"

"也不是！"见书勤越发生气了，蓝少陵急忙解释道，"其实，过几天世子他……他就要走了，他来就是放心不下你们，怕你们会有事，如今没事了，他府里还有一大堆的事情要做，定然不能再留在山上。"

亲耳听到了蓝少陵唤他世子，书勤再不相信也要信了，于是神色一黯："他最担心的怕是浚儿吧，所以才要跟来看看。可他担心浚儿也就算了，又何必牵扯上我？跑马场的事情，我本来很感激他的，可如今……"

说着说着，书勤的脸上闪过一丝伤心，似乎说不下去了。

昨日她听到蓝少陵同闵江提起了跑马场的事情，便知道那次的事情只怕也没那么简单，可究竟是什么事情，直接问这个蓝少陵，他肯定不会告诉她，所以她只得另想办法。

果然，看到书勤的样子，蓝少陵以为连那件事情她都知道了，心中暗骂闵江糊涂之余，急忙帮他解释道："那次他真不是有意的，他只是觉得你在山上太危险，想让你下山回去，这才会想到这个主意，想让你受些轻伤后，在医治的时候，想法子暴露你的身份。而且，他以为你会骑马的，更没想到，那马竟然会受惊。后来，他不是不顾危险，冲出去救你了吗？其实，他事后也很后悔……"

听到这里，书勤终于明白了，她脸色一沉，淡淡地瞥了蓝少陵一眼："世子大人就这么不喜欢我在山上读书，这么厌恶我吗？我远离了他，远离了岭南王府，寻找自己的清净，难道还碍他眼了？"

说罢，她一甩袖子，头也不回地离开了。

看到她突然发火，就这么走了，蓝少陵猛然回过味儿，使劲用扇子敲了下手心，苦着脸道："糟了，被她给诓了，她……她根本就不知道坠马的事情，糟了糟了，这下糟了！"

闵江追了那个身影一会儿，无奈林深叶密，很快便失去对方的踪迹，他生怕中了对方的调虎离山之计，不敢再追，而是立即折返回书院，结果刚要踏入后门，却见蓝少陵从门里匆匆走了出来。

看到他回来了，蓝少陵一把抓住他的手腕，躲到僻静处，愁眉苦脸道："世子爷，我对不起你。"

"怎么了？"闵江眉头一挑，然后看向他身后的小门，"她呢，你可看到她了？可是回来了？"

蓝少陵点头："正是因为遇到了她，所以……"

说着，蓝少陵苦着脸将他遇到书勤之后发生的事情一五一十地告诉了闵江。

闵江听了以后，默然不语了好久，方低声道："我刚刚在后院门口处发现了奇怪的身影,可追了一段路后,他就消失不见了,看来已经有人盯上我们了。"

"奇怪的人影?"蓝少陵愣了愣,"那怎么办?"

闵江眉头皱了下:"所以,她知道了也好,我就不用绕圈子了,现在我就让她收拾东西,过几日就随我回去。"

"这个时候,你想让她老老实实跟你回去?"蓝少陵扶额。

"怎么了,难道不行?"闵江眉头蹙了下。

"喂,世子爷,我觉得你现在还是先向她解释清楚那日坠马的事情,以及你向她隐瞒身份的事情吧,这两件事情若不解决,估计她不会心甘情愿地跟你回去的。到了那时,难不成你要把她绑下山?"

闵江嘴角一撇:"她要不肯下山,我把她绑下去也不是不行!"

说完,他便直奔书勤的院子而去。

到了客院门口,他刚踏进院子,却见莲心迎了过来,见到他后,对他施了一礼道:"江……江公子,您可是来找我家公子的?"

闵江一愣,点了点头,便想继续往里走,可走了两步,却见莲心又绕到了他的前面,然后又对他行礼道:"我家公子说,若是您来了,让小的告诉您,她暂时不想见您,让您先……先回去。"

"她不想见我?"闵江眉头一挑,"她是这么对你说的?"

莲心点点头:"我家公子还说,您若是执意要见她,硬闯进去,以后就再也别想找到她。"

"别想找到她?我倒想知道,她准备躲到哪里去?"闵江皱了皱眉,又向前走了两步。

于是,莲心再次拦住了他,低声道:"公子,我家主人现在正在气头上,我劝您千万别再惹怒她,等过几日她消了气,兴许就肯见您了。"

这一次,闵江终于停住了,他沉吟了一下,开口道:"好,那你就帮我转告她,过几日随我一起下山,回南临。"

"回南临?"这次换莲心愣住了,她终于忍不住轻声问道:"您……您真是世子?"

闵江低头瞥了她一眼,没再说什么,而是一转身,走了。

出了客院的大门,蓝少陵从一旁闪了出来,看到他就问道:"怎么样,她可答应了?"

第十九章 曝身份风云暗起

闵江既没有摇头也没有点头,而是无奈道:"她不肯见我。"

"糟了糟了,看来她是真的生气了。我就说嘛,你的做法根本行不通,也不知道你当初是怎么想的,连坠马这种烂招都能想出来,当初你真该先问问我才好,我一定会拦着你的!"

"现在说什么都没用了。"闵江瞥了他一眼,沉吟了一下,"我想过了,就算我们走了,浈儿还在山上,他是王妃授意来读书的,我轻易不能带他回去。所以,在我离开前,一定要把这个幕后搞鬼的人揪出来不可。"

"你要查案?"蓝少陵怔了怔,问道。

"嗯。"闵江点头,"咱们先回去,商量一下再说。"

蓝少陵也的确想找出这个凶手,而且这样一来,还可以让这两人暂时不必碰面,更是一件好事,于是欣然应允道:"你说的是。而且,就算你暂时没查出来也没关系,等你们走后,我就搬过来同浈儿同住,有我在,你也不必担心浈儿的安全。"

院子里莲心同闵江的话,书勤听得一清二楚,就连最后闵江转身离开,莲心将院门轻轻掩上的声音她全都真真切切地听在耳中,直到莲心重新返回屋里,她这才急忙将视线投到了手中的书上。

莲心进了门,立即走到她面前,小心翼翼地说道:"殿下,他已经走了。"

"嗯,我知道了。"书勤心不在焉地说道。

看到书勤漠然的样子,莲心似乎欲言又止。

书勤抬头瞥了她一眼:"你想说什么?"

莲心犹豫了一下,终究开口说道:"殿下,其实奴婢此前一直有些担心。"

"担心?你担心什么?"合上书本,书勤问道。

莲心笑了笑:"实不相瞒,奴婢自从来了岭南王府,就待在天养园里,正经的主子也就在进府那一天被嬷嬷带着远远望了一眼,然后就没怎么出过天养园的大门,故而根本就没见过世子的面,有时候远远看上一眼,也只能认得出世子的衣服。"

"所以,这次你才没认出他来?"书勤笑道。

莲心不好意思地点点头:"所以,奴婢同您一样,都是昨天听到蓝公子和世子爷的谈话,才知道他的身份,当时奴婢真的不敢相信,还以为自己听错了。"

"那这和你的担心有什么关系?"书勤又问道。

莲心小心翼翼地看了书勤一眼:"殿下既然问了,奴婢也就实言相告。当时奴婢觉得殿下对江公子很不一般，而这个江公子看起来对殿下也很好，所以奴婢才担心。因为，殿下毕竟是我们岭南王府未来的王妃，若是在外面同别的男子……日后回了府里，我家的世子，我们岭南王府又该怎么办？"

这下书勤明白了，轻轻点了莲心的额头一下，嗔道："你这个小脑袋瓜整天都在想什么啊！"

莲心的脸颊一下子羞得通红，噘着嘴道："这不能怪奴婢多想，实在是……实在是奴婢舍不得公主，万一……万一公主同我们世子不能和和美美的，奴婢以后岂不是就不能好好伺候公主了？所以……所以现在好了，奴婢什么都不担心了，原来江公子就是世子，世子就是江公子，这下奴婢还有什么担心的？奴婢高兴，真心替殿下高兴呢！"

"你替我高兴？"看到莲心脸上真诚的笑容，书勤却幽幽一叹，看着窗外出神道，"可我却高兴不起来呢！"

"殿下可是恼火世子瞒着您他的身份？所以殿下才生他的气，刚刚不肯见他？"莲心天真道。

书勤看了她一眼，却没有回答，仍旧只是笑了笑。

她自然恼火他瞒着她，可是更多的却是不安。如果是江自流，等她想要消失的时候，随时都可以消失，只需将这份感觉悄悄铭记于心。可若是岭南王府的世子，端和公主殿下的未婚夫，她可就不能轻易消失了。

所以，等到了那个时候，她又该怎么办？

一连几天，书勤都称病没有去讲堂，而闵江竟然也没来寻她，这让她心中多少有些疑惑。不过，在屋里待了几天，日夜看书倒是让她开怀不少。只是，她的心情虽然舒畅了，可莲心却担心不已，只因为这几天她日以继夜地看书，让莲心着实担心她的眼睛，生怕帮她敷药救治的速度比不上她眼睛损伤的速度。

这一日，刚好又到了休沐，莲心正想劝书勤到外面走走，好好休息一下，却不想一大早她们刚刚起床，就有人敲响院门，打开门一看，竟然是杨大少。

杨大少一进门，就吆喝道："蒙小弟，宋贤弟，你们准备好没有，咱们该上山了！"

"上山？"莲心怔了怔，"上什么山？"

"嘿嘿，你忘了，上次我家小厮不是让你问你家主子休沐日是不是定了要去鹿角潭玩儿，你家主子没回话吗？虽然没回话，可第二天我家小厮再来找的时候，蒙小弟已经替你们应承下来。所以我已经让人在山下预备好了，今天把好酒好菜抬到鹿角潭边，咱们一起去潭边喝酒打野味去。"

他不说，莲心还真忘了。不过，虽然这件事情略显突然，却正合莲心的心意，于是她笑道："我都差点儿忘了，你先去找蒙小公子，我这就去让我家公子准备去。"

"快去快去！"杨大少摆着手，转身往闵浤的房间去了。

这几日，书勤连闵浤的气也一起生了，所以，好几次闵浤来找她，都让莲心挡了驾，自然闵浤也没机会告诉她已经定了鹿角潭之行的事。刚刚她听杨大少在院子里说得热闹，却压根没有心思再去欣赏秦麓峰的风景了。反正她现在就是不想见闵江，恨不得躲得越远越好。

而且，这几天她也想通了，既然是岭南王府的世子，他必定不会总待在书院里，肯定安顿好闵浤后，就离开了，想来王府里一大堆的事情，他不可能全都丢下不管。

不然的话，他那日也不会说出回南临的话。而且闵江的荐书是蓝少陵的父亲写的，也就是说，岭南王很可能不知道他也来了书院，甚至说根本不同意，因此，单就这一点看的话，他大概也在山上待不了多久了。

故而，她暂时先做了一个很没出息的决定，他让她跟着回南临她就回吗？她又不是他的提线木偶。她干脆就认准了"拖"字诀，就是拖着不见他。

也许拖着拖着，就拖到了岭南王唤他回去，到时候他回了王府，她留在书院，最起码好几年见不到面，更也许拖着拖着这种感觉就渐渐淡了，那可就皆大欢喜了！

打定主意，听到莲心来报，她便让莲心直接回绝，莲心实在是担心她的眼睛，有心劝她，却又怕她生气，就在这个时候，却听到房门一响，一个人影闪进屋里，竟是闵浤。

进了屋，看着书勤眨眨眼，闵浤一脸无辜道："宋表兄还在生我的气？"

书勤瞥了他一眼，哼道："我怎么敢？"

听她这么说，也不管她是真心还是敷衍，闵浤立即就坡下驴，笑嘻嘻地凑了过来，然后走到书勤身边，在她耳边小声说道："我大哥说了，那个栽赃杀人的凶手，他已经查出了些眉目，正想今日同你说说呢。"

书勤神色一顿，立即看向他，沉吟一下道："你说的是真的？"

"嘿嘿，反正我大哥是这么告诉我的，你要是想知道，不如自己问他去。"闵浤眼睛眨了眨，狡猾地说道。

虽然这几日闷在屋里，可书勤一直挂心凶手的事，甚至这一阵子看的书也多是跟查案有关的一些书籍，于是她略略思考一下道："好，过去就过去，不过，若是我发现你们骗我的话……"

"嘿嘿，我怎么敢呢？"闵浸缩了缩脖子，笑嘻嘻道。

不愧是松阳镇第一纨绔杨大少，等书勤他们来到鹿角潭边的时候，杨家的下人早就把美酒美食摆好了，就搁置在鹿角潭旁的那处观景凉亭里。

这处凉亭是十几年前杨家捐建的，所建的位置也是鹿角潭边观景最好的所在，所以也取名为鹿角亭。站在凉亭里，举目向水潭望去，远处山上的树林如烟如雾，就像给水潭笼了一层绿色轻纱，轻纱倒映在水中，立时给碧蓝的潭水染上了一层明亮的绿色，于是，随着阳光照在蓝绿相间的水面上，整个水潭就像是一块巨大的蓝绿宝石，散发出点点璀璨的光。不仅如此，就在这块蓝绿宝石的上方，时不时还有鸟儿掠过，间或发出一声清脆的鸣叫，翅膀拂过潭面，在潭面上晕出一圈圈的涟漪，声音则回响在周围的高山蓝天之间，激出一阵阵的回音，让人即便只是在这山中的水潭边，也在胸中不由得腾起一种"海阔凭鱼跃，天高任鸟飞"的豪迈来。

"这鹿角潭呀，据说是很多年前，山中一只神鹿所赐。据说当时这只神鹿口渴难忍，可就是找不到水喝，便用自己的鹿角劈开了面前的大山，立即便有泉水从山间的缝隙里流淌出来。后来，神鹿喝饱了水，重新回到天上，它的鹿角却留了下来，形成了这处水潭。你们看，泉水涌出来的那处缝隙，是不是很像一只鹿角？嘿嘿嘿，早就有传说，说是喝了这鹿角潭里的水，可以强身健体，对身体很有好处。所以，我家酒坊里酿的酒，都是采用鹿角潭里背下去的水酿的呢。今天上山，我也带来了几坛，咱们几个一定要喝个痛快！"

前面的解说，杨大少说得颇为生动有趣，可越到后来，他却东拉西扯说个没完，于是蓝少陵重重一咳，打断他道："行了行了，这人都到齐了，咱们还是先去打野味吧，有酒怎么能无肉呢？你说是不是，江兄？"

蓝少陵说着，看向一旁的闵江，却见他正垂着眼皮不知在想什么，于是蓝少陵捅了捅他，闵江这才抬起头，在众人身上扫了一眼，尤其是在书勤的身上停留了好一会儿，这才"嗯"了一声。

既已说定，闵江、蓝少陵和杨大少便带着人去林子里打野味，闵浸也兴致勃勃地跟去，剩余的人则准备东西和生火。当然了，生火砍柴这种粗活，杨家的仆役就足够了，再不够还有戟月和莲心两个人，书勤只要清点整理下东西就是。她正整理着，却

第十九章 曝身份 风云暗起

听一个声音从她的身后响起："看来我是来晚了。"

书勤回头，却见是段青云。

"段兄也来了？真是稀客。"在书勤的印象里，段青云很少会同他们凑热闹，往往都是一个人独来独往，没想到这次杨大少竟然把他也给请动了。

"杨兄邀我多次，我总不能一次也不来吧。"段青云说着，无比自然地坐到书勤的身边，"他们几人呢？"

"他们去林子里打野味了。"书勤回道，"段兄可想一同去试试？"

段青云笑着道："我对猎这种小动物不感兴趣。"

书勤不禁一怔，只当段青云是口误，并没有太过在意，继续做自己的事。

向左右扫视一圈，发现其他人等都是各忙各的，段青云犹豫了一下："江兄他……其实，我以为你这次不会来的。"

书勤愣了下，抬起头："段兄这话是什么意思？"

随即她皱了皱眉，恍然大悟道："我明白了，你也早就知道了。"

说着，她的脸颊涨得通红，一下子站起来："所以说，你们一个个全都知道，只把我一个人蒙在鼓里是不是？我还以为段兄一直是帮我的！"

段青云摇了摇头："这可不能怪我，我从未想过你竟然不认得他，其实一开始我也很奇怪，可看你们两人似乎并没有在人前显露的意思，便以为这是你们的默契，直到那日在后院听到你同蓝公子的话，我才知道，原来你并不知道他是谁。"

说到这里，段青云对书勤抱歉地拱了拱手："我只是刚好在后院，并不是有意要偷听你们说话的。"

听到段青云这么说，书勤重新坐下来，平了平心中的火气，尽量语气平和道："我来是有事问他。"

段青云的眼睛微眯了一下："其实，他能随你到书院来，也必是在担心你，或许你们之间有什么误会。"

"你不明白。"书勤低下头，"有的误会，只怕是一辈子都解不开的。"

段青云又想了想："我的确不明白，若是你们将话都面对面说清楚了，误会又怎么会解不开？他心中有你，你心中也有他，还有什么事情是开诚布公解决不了的呢？"

他的话让书勤心中微微一动，有一个大胆的想法冒了出来，虽然之后这个想法被她很快压了下去，可这心思一旦萌芽，哪怕一点儿动静都会让它像野草一样疯长起来。

书勤连忙收敛思绪，抬头对段青云笑道："段兄，谢谢你，我知道你是为我好，我会好好考虑的……"

"你来做什么？"

正在这时，却听闵江的声音在身后响起。书勤回头，却见他拎着一只兔子刚刚从林子里走出来，他这句话，显然是对段青云说的。

段青云直起身对他笑了笑："是杨大少请我来的，不过，我好像不太受江兄的欢迎。"

闵江自然不欢迎他，上次意欲伤害书勤的人就是被段青云带走的，而后来剑生看了蒋方道的尸体后，确认那日想对书勤不利的人同此人的身形十分相似，也就是说，转了一圈，这疑点又回到蒋方道的身上去了，蒋方道的嫌疑非但没有解除，反而更大了。

如此一来，这个段青云的嫌疑也更大了，除非，他能告诉自己那个他带走的蒙面人是谁，现在又去了哪里。

想到这里，闵江笑了笑："怎么会？段兄就算不来，我也正打算去拜访段兄呢，既然你今天来了，也好，我正好有些话要问你。"

说着，他把手中的兔子扔到一旁，对段青云做了一个请的手势，眼神闪烁道："可否请段兄一叙。"

"江……江自流，你想做什么？"鉴于杨家的下人还在场，书勤不便暴露闵江的身份，低声道，"段兄可没得罪你吧！"

"怎么，我不过是让他到一旁说说话你就不乐意了，可是我打搅你们聊天了？"闵江眉头微挑。

见闵江如此蛮不讲理，书勤被气得满脸通红，而这时，却见段青云对她摆了摆手道："无妨，我正好也有话对江兄说，江兄，我们去那边吧！"

同段青云到了一旁的林子里，闵江开门见山地问道："那日想伤害端和的蒙面人，可是你带走的？那人现在在哪里？"

段青云笑道："他并没有伤害公主的意思，充其量也只是想给你们些颜色瞧瞧罢了，我就将他放了。"

"他是谁？可是蒋方道？"闵江又问道。

段青云点了点头："正是他，只是没想到，我放了他，却也害了他。"

闵江不言，仔细看了段青云好一会儿，这才道："他想对公主不利，身为鹰卫，你竟然将他给放了……这似乎不符合鹰卫的行事作风！"

朝堂下早有传言，凡事只要鹰卫接手，若是不闹出几条人命来，似乎都无法显露出皇帝陛下的威仪，鹰卫不正是当今陛下震慑大臣们的工具，一旦出手，非死即伤。

"鹰卫的行事作风？"段青云笑了笑，"难道世子以为，鹰卫所过之处，便会血流成河吗？"

这一次，闵江眉毛微蹙了下，却并没有接话，而段青云看着他突然正色道："实不相瞒，我们放走的人，竟然当日就被人杀了，这说明我们还是疏忽了，我当时应该多留他一段时间。最起码等诗会结束，林学监走了之后，再放了他才更为妥帖。不过可惜，我抓住他的时候并没有伪装，他并不知道我的真实身份，还以为我就是个多管闲事的学生，我自然也不好留他太久。所以，想必当时他也没同我说实话，应该还有别的打算。这是我的疏忽，我向世子爷道歉。这件事情，我们也会追查到底，把那个真正栽赃杀人的凶手找出来。"

段青云的话说得天衣无缝，但不代表闵江就信了他的说法，对于段青云这个人，他还存有很多疑虑，即便上次的事情排除了他就是那个射死山匪灭口的青衣人的嫌疑，却也不代表他的做法就不令人生疑。

尤其是在岭南的地面上，突然多了几个皇帝陛下的鹰卫，而且心机难测……这事放在谁的头上都安心不了。

于是，沉吟良久后，闵江低声道："好，我暂且相信你。还有一件事，你得老老实实回答我。"

"还有事？"段青云神情一肃，"世子想问什么？"

"你刚才同她，究竟说了什么？"

"同她？"段青云先是一怔，随即笑了，"世子问的可是公主殿下？"

"除了她，你刚刚还同别人说过话吗？"闵江抬了抬下巴，一脸不耐烦道，"就算你不说，我也有办法知道。"

段青云又是一愣，突然转身往林外走去，边走边道："那世子还是亲口去问她吧。我想，再在这里待着，定然会碍了世子的眼，我还是先行告辞了，等一会儿杨大少回来，你告诉他我来过，也就是了！"

见他就这么走了，闵江脸色一暗，但最终还是没有追过去，而后一转身，出了林子，重新回鹿角亭去了。

　　离开鹿角潭，段青云继续往山下走，不一会儿就到了之前举办曲水流觞诗会的地方，此时在溪边，一个纤细的身影正坐在一块大石上出着神，甚至段青云已经走到她身后，她都没有察觉。

　　段青云无奈，只得轻咳了一声，以表示自己的到来，于是，随着他的轻咳声，正在发呆的她慢慢地转回头来。

　　刚开始她还是满脸怔愣，可当她一看清来人，她脸上原本茫然的表情突然扭曲起来，立即从大石上站起，一巴掌向段青云的脸上打去，同时愤怒地低吼道："是你！是你让人诬陷了我父亲，是你让人杀了蒋方道！一切都是你！蒋方道身上那件衣服，是我交给你的！你……你到底想做什么？"

　　段青云又怎么可能让她打到，他立即抓住她的手，冷冷地笑道："赵小姐，既然你这么笃定，为何不去告诉岭南王世子，只要告诉了他，诬陷你父亲的人和杀了蒋方道的人不就都找到了？到了那时，你的世子爷也会感谢你的吧！"

　　赵敏萱的脸颊立即涨得仿若染了血，她的嘴唇嗫嚅半天，终究是一句话都没有说出来。

　　这个时候，却见段青云又笑了，盯着她的眼睛优哉游哉道："不如我替你回答了吧。你是怕世子爷知道你暗算宋勤的事情。因为只要他知道了，一定会对你厌恶至极，再也不肯理你，更不要说带你离开这里，让你进岭南王府了……搞不好，还会认为你同凶手有关系，让官府的人来调查你！看，就算你父亲差点儿被人诬陷，甚至有人还白白丢了性命，可在你的心里，什么事情都比不上你自己的名声，什么都比不上你离开这里一步登天重要……我说得对不对？"

　　"不……我不是，我不是这样想的，我只是不想让他知道。而且，我父亲不是也没事吗？我又为什么要告诉他！完全没有这个必要呀！"赵敏萱重新坐回石头上，脸色苍白地不停说着，仿佛想要肯定些什么。

　　段青云眯了眯眼："不用再否认了，你就是一个自私怯懦的人，这一点，你我心知肚明，因为你根本就没胆量告诉所有人真相。"

　　"我……我……"

　　赵敏萱有些坐立不安，她想离开，却又觉得自己不该就这么离开，而这个时候，却见段青云长舒一口气，笑了："其实，自私也没什么，我就是一个自私的人，我可

以为了我的目的将天地搅个天翻地覆。再说谁还没有自私的时候呢。比如，那个救了你父亲的宋勤，她也同你没什么区别。"

听他提起宋勤，赵敏萱终于不再躁动不安，她看着段青云，一脸期待地问："她？她做过些什么？"

"你可知世子爷为何独独对她刮目相看吗？"段青云语气轻佻道。

"为什么？他的眼里为何只有她，我不明白，一点儿都不明白！若不是世子爷对我绝情至此，一点儿机会都不给，我又何必冒险做出那种事情。"赵敏萱的双眸中立即闪现出两团嫉妒的火焰。

"因为啊……这个宋勤，就是世子爷的未婚妻——端和公主殿下。所以，有她在，世子爷的眼中又怎么会有别人呢？"

"什么？怎么会？她怎么会是公主？"

赵敏萱浑身颤抖起来……这样一来，她不是就更没希望了！

"所以，正是由于她掩藏自己的身份造成了对你的误导，才让你铤而走险差点儿背上杀人凶手的罪名。倘若她早就告诉你她的真实身份，别的不说，最起码溪边的事情绝不会发生，你在任何人的心里、眼里仍是一个知书达理、落落大方、善良温婉的大家闺秀！"

"是呀，若是她早告诉我的话，我又怎么会想着同她去争？我根本就不会去靠近世子呀！"听了段青云的话，赵敏萱有些出神地喃喃自语道。

"所以……一切都只是造化弄人罢了……"这个时候，却见段青云拿出一只酒坛，摇头叹道，"我们这两个自私的人，是不是该好好喝上一杯呢。想必那日的曲水流觞，即便赵先生带你来了，你也根本没心思喝酒吧，那可是书院里藏了几十年的汾酒呢！不过，我这里刚好留了一坛，你要不要尝一尝？你放心好了，我的目标不是你父亲，更不是你，日后也不会再对他不利了，而且，很快，我也要走了！这酒，权当是给我饯行吧！"

"这酒……书院里都已经没了，你又怎么会有？"看着他手中的酒坛，赵敏萱颇为不解道，但是马上，她却自嘲地一笑，"也对，连十年前的雪花笺都能弄到，又何况是小小书院里的一坛美酒呢……"

见只有闵江一个人回来了，书勤立即迎了上去，看着他的身后道："段兄呢？你真把他赶走了？"

见她这么关心段青云，闵江心中更不舒服了，冷哼道："是他自己走的，我才不屑赶他。"

听他这么说，书勤反而更确定是他口出不逊，赶走了段青云，于是哼道："段兄还让我同你好好谈谈，我想，我也不必谈了！"

说着，她就要招呼莲心离开。

在场的大部分都是仆役，根本不知道他们两个好好的，怎么会突然吵起来，其中一个还闹着要走，于是莲心急忙赶过来劝道："好好的，怎么说走就走呢？杨大少他们还没有回来，咱们就算要走，也要等他们回来后打声招呼再走吧。"

书勤冷哼："我本就不想来，若不是想知道赵先生那件事的进展，我现在还在屋子里好端端地看书呢。不过现在看来，这件事情只怕也是诳人的，我又何必在这里浪费时间？"

闵江听了也有些恼了，一把抓住书勤的手腕，低声道："同我们在一起就是浪费时间，你同那个段青云倒是聊得很开心，我问你，你还知不知道自己的身份？"

他的话让书勤一怔，但马上她便使劲甩开他的手，向后退了两步道："身份？我看是世子大人才应该注意自己的身份吧！你不就是想让我跟你回南临吗？好，我现在就明明白白地告诉你，我绝不回去。所以，我劝世子大人还是省省吧，别在我这里浪费时间，尽早回去，也免得王爷王妃为你担心！"

在来之前，蓝少陵很是费心地劝解闵江一番，让他一定要平心静气地同公主殿下商量一起回去的事情，尤其是要强调，她在这里的危险性，以及她的危险很可能会波及他人，尤其是浔儿的可能。无论怎样，只要能把书勤哄下山去就好，哪怕等他们回了南临，他再发他的世子脾气也好。

可是，如今书勤大大激怒了他，见她后退，闵江更恼火了，于是向前抢了两步，再次握紧她的手腕，满脸怒气道："你不跟我回去？你凭什么不跟我回去？我看，也不用等你收拾东西了，我现在就带你回去。"

说着，他拉起书勤就往山下大步走去。

猝不及防间，被他硬拉着往山下走，书勤立即变得跌跌撞撞的，再加上闵江的步子迈得极大，速度又快，她不但跟不上他，连脚下的路都看不清。所以，闵江拉着她不过走了几步，她便觉得脚下一绊，被他拽倒在地，而后发出一声痛呼，却是胳膊让地上尖锐的碎石划出一道长长的口子。

莲心也没想到两人好端端的，世子爷竟然动起手来，因此刚开始的时候，她并没有反应过来，直到书勤摔倒在地，她才回过味儿来，连忙赶过去，扶起地上的书勤，小心查看书勤胳膊上的伤口，只见伤口颇深，甚至已经有血珠渗出来。她当即拿出自己的帕子，边为书勤清理包扎，边埋怨闵江道："世子爷，殿下她眼睛本就不好，这山上的碎石块又这么多，走得快了很容易受伤，有什么话，您就不能好好说吗？"

闵江也没想到，自己不过是稍稍用了些力，便造成这么严重的后果，他立即看向自己刚刚抓着书勤的手，脸色也在瞬间变得难看无比。

而也就在这个时候，却听林子里传来一阵笑声，原来是蓝少陵和杨大少带着他们打到的猎物回来了，闵浚的声音也掺杂其中，显然，对这次的狩猎他也兴奋不已。

听到他们都回来了，闵江的脸色一下子变得红一阵白一阵的，然后他低头看了看仍旧坐在地上让莲心包扎的书勤，又抬起头来瞅了眼笑声传来的方向，不由得跺了跺脚，一个人下山去了！

等杨大少他们从林子里出来，看到眼前这一幕后，他们也惊呆了，搞不清发生了什么事情。

这时，书勤看了看闵浚，又看了眼他身边神色飘忽的蓝少陵，冷笑一声道："根本就没有什么进展对吧，你们也是骗我的？"

说完，她让莲心搀扶着，也下山去了……

下了山，闵江并没有立即回书院，而是不知不觉间绕到书院的后墙处，也就是几日前，书院用来放酒觞的地方。那会儿是由几名夫子带着几个小童在这里负责倒酒放觞，不过那个包着假反信的纸包顺流而下的时候，由于天色已晚，酒也喝得差不多了，夫子们便相继离开，溪边只剩小童。所以，就算是有可疑的纸包从书院里流出来，他们也不会太在意。

而且，他也派人问过，这些孩子们在夫子走了以后一个个早就没心思干正事，甚至根本没看到有东西从眼前漂过去，也就是说，连这封反信是从书院里面放出来的还是从书院外面放出来的都不清楚。

闵江后来让人做过实验，发现水流的速度远远低于人们沿着溪边走过来的速度，所以，很可能是某人先将反信投到水中，然后又赶在反信出现前回到自己的座位上。也就是说，就算杨大少在反信出现前就离开了，可是他若是沿着溪边一直走下来的，也很有可能是那个投放反信的人。

只是，他早就变得醉醺醺的，是让人搀着才跌跌撞撞走下来，这样一来，他就算是有嫌疑，貌似也不太可能这么做，因为他根本就没有暗算赵先生，也就是他口中未来岳父的动机呀！

而且当时是蓝少陵搀着他回来的，如果杨大少是那个放出反信的人，他在蓝少陵面前一定不好做手脚，蓝少陵鬼精鬼精的，若是发现什么，出了事第一个就会怀疑杨大少，自然也会告诉他。

所以，闵江初步判断，这个放出反信的人，很大可能是留在书院里面的人，故而，这几日暗卫们调查最多的是那日在书院里最后放下试题或者在溪边停留到很晚的人。

不过那日书院里的确热闹，虽然后来不需要大家再在小溪中放入题目了，可还是有不少学子仍旧停留在溪旁不肯离去，若是有人再次投下试题，一定会引起大家的关注，可这些人几乎全都被询问过一遍，但就是没人看到有人做手脚。

他来了没一会儿，蓝少陵也跟来了，见他一副愁眉不展的样子，便扇着扇子，撇嘴道："原来你在这里……我让你心平气和地讲，你倒好，还动上手了。你可知道，为了让她出来见你，我们费了多大的劲儿，结果这次她连我们都埋怨上了，下次你再想找她出来，只怕是更难了。"

"你说……"似是没听到他的话，闵江若有所思道，"那个投下反信的人，是怎么在众目睽睽之下，将纸包扔到小溪里的呢？难道是那几个放酒的小童？可这些孩子丝毫没有露出心虚或者胆怯的样子，反而一个比一个积极地提供线索，难道是他们的演技太好了？"

见他还在纠结案子，蓝少陵一愣，随即摇了摇头："也罢，若是能把这个案子破了，兴许她还能听你说说话，我和浸儿在书院也会安全些。你让我想想啊！"

说着，蓝少陵思忖了一下："如果是那些孩子放下的纸包，之前一定不知道事情如此严重，所以此事发生后，他们一定会很害怕，但他们一个个这么积极地向你提供线索，看上去不像有假，应该不是他们投下的反信，他们也没看到投下反信的人。当时书院里人多眼杂，若是真有人做出这种事，极容易被人发现。不过，如果有几个人掩护他的话，还是有可能的。难道这投放反信的人不是一个，而是几个人？"

"几个人？"闵江摇了摇头，想了一下问蓝少陵道，"你从这里扶杨大少回来的这一路上，有没有遇到什么可疑的人，或者说可疑的身影。如果不是书院内部的人的话，就只能是外面的人搞的鬼了……"

那样的话，只怕查起来更困难了，甚至还要从山下的松阳镇着手，先排查这几日到镇子上来过的陌生面孔，那可真算得上是大海捞针了。

"你是怀疑杨大少？"蓝少陵一怔，"你这么说，我才想起，我不是在这里遇到他的，我遇到他的时候，已经是在下面很远的地方了。这么说来，他倒是那个最有嫌疑的人，不过那时他已经醉得连路都走不了了，说话更是语无伦次的，绝不可能是他搞的鬼，除非……他是在装醉！可就算如此，他沿着溪边走过来，这反信就出现了，是不是也太明显了些？他能想到装醉，就想不到自己要避嫌吗？"

说到这里，蓝少陵的脸色沉了下来："不过，如果真是他，我倒要佩服他，竟然能骗过我的眼睛，让我把他当朋友。"

"你的眼光没错！"闵江眼中突然闪过一道光，"他当时的确醉得不轻，因为，那些小童们说，当时有一个学生从这里将他扶了下去，所以，如果不是你的话，这个人会是谁？"

"另一个人将他扶了下去？"蓝少陵颇为诧异，"可我找到他的时候，他只有一个人，身上的衣服还是湿的，应该是此前摔到了水中，而且嘴中还一直喊着'有人想害爷'，我当时还以为他说的是醉话，难道那个扶他下来的人，曾将他推到水里过……"

蓝少陵这么一说，闵江也想起来了，当时杨大少下来的时候，嘴里嘟嘟囔囔的，一开始说林大人夸他，可后来又说什么林大人骂他。据他后来调查所知，林大人根本就没有见过杨大少。不过，当时他也只以为杨廉说的是醉话，便没太在意，如今看来，这个扶杨廉下来的人，一定很有问题。

当时杨大少应该是把此人误认为是林学监，而此人，不但骂了他，还令他落入水中，有可能还是故意将他推入水中的，这也是为什么杨大少会说有人想害他了。

想到这里，闵江立即往山上走去，边走边说道："酒醉三分醒，咱们现在就去问杨廉，看看他到底还记不记得那个一开始扶他下来的人的样子。还有那些小童，我现在也让剑生他们再去问一遍，看看他们能不能认出那个扶杨廉下山的学子，就算不认得，哪怕能给咱们形容一二，也是好的！"

之前他以为扶杨廉下山的是蓝少陵，可眼下才知道还有第三人，所以这第三人，一定是这件事情的关键所在！

回了客院，莲心立即帮书勤包扎伤口，好在伤口不深。不过，莲心却异常心疼，嘟着嘴道："世子爷也真是的，有什么话不能好好说，非要动手，连累殿下受了伤，我记得他是江自流的时候，很守礼节的呀。怎么身份恢复了，脾气也大了呢？"

书勤倒不怎么在乎手上的伤，她生气的是闵浚又骗了她，而且这次仍旧是为了他大哥。看来，府里传言闵江极其疼爱这个弟弟是真的，以至于闵浚为了他这个大哥，撒了一次又一次的谎，甚至兄弟两个联合起来戏弄她。于是她撇撇嘴恨恨道："莲心，以后卞姑姑再送了点心来，不要再给小公子送去了，让他找他大哥要去。"

听到书勤竟说出这么孩子气的话来，莲心眨了眨眼，一下子笑了，她边替书勤裹着布巾，边哄道："好好好，奴婢以后一块都不给他们拿过去，不但如此，每次殿下赏了奴婢好吃的，奴婢会专门搬只小凳，坐到外面的院子里吃去，让他们看到吃不到，非馋死他们不可。"

看到莲心一本正经的样子，书勤也"扑哧"一下笑出声来，点了点她的额头道："我只让你不给他们也就是了，谁让你坐在院子里馋他们？要是下雨怎么办？"

"下雨呀！"莲心眼珠一转，"那奴婢就打着伞坐在院子里吃，人家是雨中赏景，我是雨中享用美食，应该都挺美的吧！"

听到她的话，想到她"雨中享美食"的样子，书勤又一次笑出了声，于是，经过莲心这么一打趣，屋子里的气氛顿时轻松不少，书勤的眉头皱得也没那么紧了，脸上也有了笑颜。

见她终于开心了些，莲心才轻声细语地劝道："殿下别生气了，其实我觉得世子爷是因为太在乎殿下，才会这么着急的。您看这书院里最近发生的事，一件比一件奇怪，一件比一件危险，不但先生差点儿被抓，还出了命案。我想正是这样，世子爷才担心你，希望你跟他回去的吧。"

听莲心这么说，书勤的面容又绷了起来，她白了莲心一眼，撇嘴道："这会儿就开始为你家世子爷说话了，那以后我回了南临，岂不是连你的人都支使不动了？"

莲心一听，连忙跪了下来："殿下，奴婢不敢，奴婢真的是为了殿下着想，奴婢……奴婢也是为了您和世子好呀！"

"好好的，怎么就跪下了。"见她吓成这个样子，书勤连忙扶起她道，"我只是感慨，我在书院好好地待着，招谁惹谁了，他怎么就偏想让我回去？我又不是已经嫁给他了，难道在嫁他之前，还不能做些自己想做的事情吗？"

见书勤并不是真的生气，莲心这才站起来道："殿下，你怎么想的可以同世子说呀，这几天，你连世子的面都不见，他自然会着急了，而这一着急，就容易办错事。我想，您若是同世子说了心里话，世子绝不会违拗您的意思，就算是不行，也会同您解释清楚。而您现在一副拒他于千里之外的样子，他纵然有万般理由，也无法告诉您呢！"

"你也这么说？"书勤微微怔了一下，喃喃道，"刚刚段兄也是这么说的。"

虽然刚才莲心看到书勤同段青云在说话，但她却没听到他们在说些什么，只知道世子爷一出来看到他们两个便有些不高兴。可此时不是说这些的时候。现在最关键的是让他们能好好地谈一谈。

她在府里虽然一直待在天养园，可关于主子的事情她也听到过一些，对这位世子爷印象不错，并没有听到关于他的不好的传闻，反而听说他小小年纪就接掌了府军的统领一职。

可见，王爷对他这个儿子十分倚重，日后继承王位，成为新任的岭南王，也是板上钉钉的事。所以，她并不认为世子爷会无缘无故让公主随他回去，他这么做，一定有他的理由。

看到书勤脸上有些犹豫，她想了想道："既然如此，您看，要不要奴婢帮您同世子约个时间，让他来咱们院子，您同他好好谈一谈，兴许说开了，世子就不让您回去了呢。不然你们一个非要走，一个不肯走，万一哪天因此起了争执，暴露了身份，那可就糟了！"

莲心虽然说得颇有道理，可书勤担心的又岂止是回去这件事，她担心若是他们之间真的谈妥了，有些事情就更不好说清了。日后，她必定是要离开的，且在自己的身份被发现之前离开。

那么谈也好，不谈也罢，她若是同闵江之间有了太多牵扯，她又如何能走得了无牵挂。所以，若是因为此事让他对她厌了恼了，倒也不是一件坏事。

可是，也正如莲心所说，若是她同他就这么僵持下去，很有可能暴露她的身份，而到了那个时候，即便她不想走，也得走了。由此可见，为了避免最糟糕的情况发生，她确实应该同闵江谈一谈。

书勤想来想去都没有能两全的法子，于是她沉吟良久，低声道："我有些倦了，先小憩一下，这件事情，等我睡醒以后再说。"

书勤这一觉睡到了下午，等她醒来后，莲心立即送来了点心和清粥。她们中午没有吃饭就下山了，书勤正觉得腹中饥饿，看到眼前的饭食，她便立即吃个精光。

吃饱喝足后，书勤觉得浑身舒坦，自己的脑子也好使许多，不禁又考虑起睡觉前莲心的建议来，深觉可以一试，关键是怎么把握同闵江谈话的分寸，总之，她肯定不能像以前对待江自流那样随意了。

正想着应该怎么谈，忽然听到房门被人敲响了，莲心去开门，只是屋门打开，外面却空无一人。她向院子里看了看，却见一个身影在闵浚那边的屋外闪了闪，迅速消失了。

"戟月，你做什么，怎么敲了门就跑？"想着应该是戟月，莲心喊了两声，不过一低头，却见地上有一张叠得方方正正的纸笺，她立即将纸笺从地上捡起来，拿到了书勤面前。

"这是什么？"看到她手中的纸笺，书勤好奇地问。

"好像是戟月放到咱们门前的。他放了就立刻跑了，我叫都叫不住他。"莲心撇嘴，"又不是什么见不得人的事，有什么好躲躲闪闪的？"

边听着莲心发牢骚，书勤边打开了纸笺，却见上面歪歪扭扭写着几句话：我大哥让我告诉你，他这次真的查到凶手了，要亲口对你说，让你去诗会时你们说话的溪边找他，他会一直等到你来的。

看到这几行字，书勤不由得撇嘴："这是觉得没脸见我了吗，还让戟月送字条来，早知如此，早上又何必诳我？"

"怎么了？"莲心识字不多，只看到落款写着"闵浚"二字，急忙问道，"可是小公子的信？"

"嗯。"书勤合上信往闵浚屋子的方向看了一眼，"他这是怕我还怪他呢，所以不敢送信来，只让戟月传了字条。"

莲心听了也笑了："看来小公子很在乎殿下呢，我可从没见过小公子不好意思的样子。"

笑完，她再次看着书勤道："殿下以为如何，咱们到底要不要赴约呢？"

字条到手的那一刻，其实书勤已经想通了，淡淡一笑："干吗不去，我还真想知道这个凶手到底是谁！"

做出决定之后，书勤便不再耽搁，换好衣服，带着莲心出了书院大门，往诗会举办的那处小溪行去。

此时，已近申时，林中的光线已经变得有些阴暗，不过，正因如此，一进入林子里，便同外面的热浪彻底隔离开来，让人感到一阵沁人的清爽。

书勤领着莲心绕到书院的院墙后，沿着小溪缓缓向下行去。林中风景虽美，可一想到那封害人的反信就是沿着小溪缓缓流到下面的时候，书勤再喜欢这里的景色，心中也有些别扭，面前的美景在她眼里也变得逊色三分。

她心中不由唏嘘，美丽的东西都如琉璃花一般脆弱易碎，不是你想留就能留，你想拥有就能拥有的。

所以，最好的办法就是不去拥有它！

书勤若有所思，可莲心却还是头一次来到这里，看到这里的景色不由得赞叹道："这里的景色真美，怪不得书院要在这里招待林学监呢。"

"美是美，不过我听说，自从那天反信的事情发生，第二天又发现了蒋方道的尸体后，这里就很少有人来了。否则的话，今日可是休沐，原本应该是这里最热闹的时候，可你看，都这个时候了，溪边还一个人都没有，想必大家都怕了吧！"

"您这么一说，倒还真是。"莲心向周围看去，"怎么一个人都没有呢，您确定世子爷约您在这里见面，可我怎么一个人都看不到呀。"

"前面就到了。"书勤看向前面，也就是他们上次参加诗会时，她同闵江所在的那两处位置，不过大概是离得远的缘故，她并没有看到有人在那里。

于是她皱了皱眉，问身后的莲心道："我看不太清楚，你可看到了？就在前面。"

只是，她的话并没有得到莲心的回应，她下意识地回头看去，却见身后空空如也，原本紧跟在她身后的莲心，竟然不见了。

"莲……"书勤一怔，正想再唤她几声，却觉得后脑一痛，随即眼前一黑，便什么都不知道了……

等书勤醒来的时候，发现眼前黑黢黢的，什么也看不见，她向旁边摸了摸，感觉周围一片冰凉，自己应该是躺在地上。

她又向周围摸索一番，摸到一个仿佛"扶手"一样的东西，于是借力抓住，从地上坐了起来。她先向四周看了看，让自己的眼睛适应了一下环境，须臾之后，她看到仿佛有光从窗户射进来，看来她应该是被关在某个房间里。

她试探着唤了几声"莲心"，可等了很久都没有得到回应。于是她又试着使了使劲，按住"扶手"终于让自己站了起来，这个时候她察觉，自己扶着的那样东西应该是一把椅子的椅背。

既然有椅子,那就可能有桌子。

书勤想着,一只手仍旧紧紧抓着椅背不敢放手,另一只手已经向它的旁边摸去,竟然真的让她摸到了桌角一般的东西。

她心中大喜,急忙又摸索一番,在辨认清椅子和桌子的位置和走向后,终于坐在了椅子上。

房间里有桌子、椅子,让书勤稍微放宽心,最起码这种四平八稳的感觉,让她能冷静地思考她此时的处境。

很显然,她是被人打晕弄到这里来的,而她出来的时候已经是申时,此时从窗子外面透进来的光是月光,也就是说现在是晚上。而今日是初八,应该是上弦月,酉时一过,月亮就该升起来了,故而,既然此时她还能见到月光,说明还未到子夜,月亮还没有落下。这就证明,从打晕她到把她丢到这个有桌有椅的小屋里来,对方一共用了一到三个时辰的时间,这个地方应该离书院并不远。

想到这里,她又闭上眼睛仔细听了听周遭的声音,听到风声还有树叶被风吹动带来的哗哗声,她甚至还听到了鸟儿的啼叫声和虫鸣声。于是,她基本可以判定,自己仍旧还在秦麓峰,或许就在离书院不远的地方。

不过,在听周围动静的同时,她似乎还听到了别的声音,像是什么人的喘息声,她的心中一惊,以为是仍旧昏迷不醒的莲心,便急忙唤道:"莲心,莲心!是你吗?你没事吧!"

说着,她从椅子上站起来,扶着桌沿向声音传来的方向慢慢摸索过去。就在此时,不知道从哪里吹来一阵风,书勤立即闻到淡淡的酒香,好像就是从喘息声响起的地方飘过来的。

这让她一怔……莲心没喝酒呀,怎么会有酒香气传来?

想到这里,她立即心生警惕,站在原地,低声问道:"谁,是谁在那里?"

随着她的质问声,只听一个梦呓般的声音响起来:"呵呵,自私?我才不自私,我只是……我只是……呜呜呜,他为什么不理我,为什么,我哪点不如她,我到底哪点不如她啊……"

这个声音……

书勤听了不禁脱口而出:"赵小姐?是你吗?"

"呜呜呜……呜呜……"

声音的主人似乎已经醉得不省人事,只是低声啜泣着,可此时,书勤已经越发肯定此人正是赵士谦的独女赵敏萱，她急忙又摸索着桌沿向声音传来的方向走了几步，而后只觉脚下一绊，便摔在一个软绵绵的东西上。

只听赵敏萱发出一声低低的痛哼，书勤急忙摸索了几下，总算摸到赵敏萱的脸，她急忙扶着她的肩膀，着急地问道："赵小姐，你怎么也在这里，是谁把你关到这里来的？"

"呜呜呜，疼！呜呜呜，好疼啊！呜呜呜……"

只是无论书勤怎么问，赵敏萱都在不停地说着胡话，要么呼痛，要么时高时低地嘟囔着什么，俨然已经醉得人事不知了。

书勤无奈，只得暂时将赵敏萱的头靠在自己的腿上，好让她躺得舒服些，而她自己则快速地思忖着眼下发生的一切。突然，她像是想到了什么似的，用手一摸自己的衣袋，竟让她摸出一个火折子出来——这是她上午去鹿角潭时，自己整理东西的时候无意间揣在身上的。

这个发现让书勤心中大喜，她连忙打开火折子，借着微弱的火光向周围看去，于是，在不断跳跃的火苗中，她看到了竹墙竹椅竹案。可是不等她看得更清楚，火苗跳动几下便熄灭了。于是她再一次打开火折子，而这一次，她除了看到竹墙竹椅竹案外，还看到了屋子的门。

这个发现让她大喜，她急忙站起身来，借着微弱的火光，摸索到房门处，只是她使劲拉了拉，房门竟然纹丝不动，显然已经有人在外面把房门锁上了。

喊了几声没有得到任何回应后，书勤只得再次回到赵敏萱的身边。她又拍了拍赵敏萱的脸，发现她仍旧没有丝毫清醒的迹象，只得重新坐下，把对方的头重新放在自己腿上，无可奈何道："赵小姐呀，没想到咱们会凑到一起，只是，那个人把咱们抓了关起来到底想做什么呢？"

火折子灭了之后书勤又重新点燃，在反复的灭掉燃起的过程中，书勤又看到了身后用竹木搭成的架子，看起来应该是用来存放书画的架子。

难道这是一个书房？

这个发现让她隐隐觉得熟悉，只是她正想看得更清楚些，却不想躺在她怀中的赵敏萱突然间一挥手，将她手中的火折子打掉了。

随着"啪嗒"几声清脆的撞击声响起，书勤急忙用手向自己的周遭摸索找寻，不过可惜，她摸了好久，都没有再摸到那只救命的火折子。

而这个时候，她怀中的赵敏萱又开始不安分地动起来，她的手不停地挥舞着，甚至还打到了书勤的脸,而后她大声嚷嚷道:"大梦谁先觉,平生我自知!好酒好酒!来来,再喝!再喝……"

书勤没想到赵敏萱喝了酒后力气竟然这么大,她费了好大的劲儿才按住赵敏萱的手脚,可是,只要她一松手,赵敏萱又会手舞足蹈起来,实在是让她疲于应付。

于是,等赵敏萱闹累了,终于睡着的时候,书勤也被她折腾得筋疲力尽,趴在她的身上沉沉睡去。

书勤这一睡,等到骇然惊醒的时候,竟然已是清晨。此时,借着从竹墙缝隙和窗子里透进来的光,书勤终于彻底看清周遭的环境摆设,这也让她终于认出此间所在,竟然是那处设于山间的避风阁。

她之前就猜测自己被关的地方离书院不会太远,没想到会这么近,而这个时候,只听一阵喧哗声从外面由远及近地响起来,远远地便听到一个声音大声说道:"就是这里了,都跟我进去……"

听到有人来了,书勤立即警惕起来,因为她不知道来者是敌是友,正打算辨认一番,忽然怀中一动,她急忙低头看去,却见赵敏萱睁开了眼,正一脸迷茫地看着她。

"赵小姐,你终于醒了!"见她醒了,书勤立即松了一口气。

"我……"赵敏萱看起来很是痛苦,不停地用手揉着自己的额头,"我怎么会在这里?对了,我在喝酒,我们本来在喝酒,我同……"

说到这里,赵敏萱一下子清醒过来,她急忙坐直,一脸警惕地看着书勤:"你怎么在这里?"

"我……"

书勤正想对她说自己是被人打晕带来的,可话还没出口,却听"哐当"一声,房门竟然被人从外面踹开了。

书勤吓了一跳,急忙用手臂护住了赵敏萱,紧接着,随着几个人影拥进了木屋,一个声音愤怒地道:"你们……"

说到这里,这个声音突然压低了:"把她们给我绑起来!"

"你们要做什……"

书勤大惊,只是她一句话还没说完,却被一块帕子堵住了嘴,再也发不出声来……

——本季完——

篇外篇

杨大少自传

我姓杨,我爹是长子,我是嫡长孙,我爹就我这么一个儿子,所以我的名字是我祖父亲自为我起的,单名一个"廉"字,乃是"清廉"的"廉"。我娘说,当时祖父大人是想着有朝一日我入朝为官后,能够恪守本分做人,清清白白做官。

不过,我爹说,我祖父一世英名,识人无数,却偏偏在我这里看走了眼。他只想着让我日后能清清白白做个好官,却从没想到,我这一辈子都同"官"场没有半点儿缘分。

想做官,首先就要读好书。可我从小看到书就犯困,写起字来就浑身难受,不要说读书了,哪怕在椅子上稳稳当当坐一炷香的工夫都困难。发现我这个毛病后,我爹一开始就把我绑在椅子上,非让我坐足三个时辰才肯放了我。后来我晕过一次,他才不得不放弃这个法子,让几个家丁在屋子里眼睛眨也不眨地盯着我,我若是左腿动,他就抽我左边的家丁一鞭子,若是右腿动,就抽右边的家丁,我要是敢对谁挤眉弄眼,就抽中间那个。

这么做的结果就是我的书房里经常传出鬼哭狼嚎的惨叫,当然了,惨叫的不是我,全是陪着我读书的家丁们。虽然打在他们的身上我不疼,可整日里听他们惨叫对我的身心健康也不好,于是我终于能在座位上坐足一个时辰了。不过,也仅仅是一个时辰,半刻也多不了,超过这个时间,任凭你让一百个家丁在我面前哭号,我也绝对坐不住。

虽然我只能达到我爹三分之一的要求,可我爹也算网开一面,还是放过了我,终于决定让我只在上午和下午各读一个时辰的书。不过,虽然先生请来了,课也开始上了,可又出现了另外一个问题,我坐是能坐住了,却无法控制自己的思想,先生在前面说着天书,我在脑海里想着林子里的虫儿鸟儿,想着下次爹爹带我去打猎的时候我该猎什么猎物,想着娘亲做的酒酿圆子……

于是,在一次爹爹考校我功课的时候,因为陪读的小厮头一天被我罚了没吃饱饭,怀恨在心,换了我做的小抄,我把苏子瞻说成苏明允的爹,结果被我爹拎着戒尺跟在身后追打了三条街。虽然后来我知道苏明允不只有苏子瞻一个儿子,还有一个儿子叫子由,可我爹已经对我彻底放弃,不再追在我的屁股后面鞭策我读书,给了我做一个纨绔子弟的自由。

我娘听了,拍拍我的头,说不读就不读吧,反正咱家够吃够喝,你的叔叔们也都当着不大不小的官，犯不着让你光宗耀祖。我听了颇以为然，更加安心做着我的米虫加纨绔子弟。

于是从那以后，我听我爹说得最多的一句话就是——慈母多败儿！

终于有一天，我娘也发觉不能再让我这样无所事事下去之后，她告诉我，我竟然还有一个未婚妻和一个身为大儒的岳父。这让我大吃一惊，问她为什么从没说过。于是我娘说，这是我过世许久的祖母为我口头定下的亲事，只可惜我太不争气，我爹觉得把我养成这样实在是对不起人家，便再没提过，也没脸再提。而这一阵子我爹对我越发忧心忡忡，我娘觉得这实在是影响我爹的身心健康，便让我上山试试看，若是能让我岳父答应下来，兴许还能给我爹几分希望，让他多活几年。

我深深地觉得自己是个不孝子，竟然让爹爹为我的事情如此积劳，而我娘说得对，我文不成武不就，若是连最基本的孝道都不能恪守，那岂不真的是一无是处了？

就算是个纨绔子弟，也要有纨绔子弟的尊严，决不能随随便便把自己同逆子等同。

见我如此慷慨豪迈，我娘又偷偷对我说，虽然我不成器，可若是能娶个大儒的女儿回来，再生个大儒的外孙，想必这外孙耳濡目染间也一定能传承大儒的衣钵，再次帮我们杨家发扬光大。到了那个时候，作为大儒外孙的祖父，我爹一定会心情舒畅，对我这个"功臣"大概也能和颜悦色许多了。

话说，从小到大我还从未见过我爹在我面前开怀地笑过，故而觉得娘亲的主意实在妙极，哪怕只是为了博老爹一笑，这个媳妇我也娶得。

于是，我雄赳赳气昂昂地上了山，来到书院的山门前，我自认为已经非常恭谨有礼了，只可惜却遇上一个"黑脸"。从他的眼里我看到了嫉妒和仇恨，可我并不认为自己以前见过或者得罪过他，于是几次之后，我明白了，他是嫉妒我有一个从小被称为神童的祖父，嫉妒我有一个具有远见卓识帮我定下这门亲事的祖母。所以，本来只是想先看看究竟我那个未婚妻漂亮不漂亮我立即做出决定，这桩婚事一定要拿下！

下山后，我找了几个以前教我的先生商量对策，还告诉他们，谁要是能给我出个主意，让我能把媳妇娶回来，我就给他一处松阳镇上的院子。

众先生讨论得异常激烈，他们引经据典，说了无数典故，只可惜却没一个适合我的。因为，那些典故里无一不是才子佳人配对，而我肯定不是才子，我未来媳妇却是佳人，所以，他们越说我越不耐烦，让人将他们全部赶走了。

只是，正当我愁眉不展的时候，却有一个先生悄悄溜回来，他告诉我，他虽然没办法让我百分之百抱得美人归，却有办法让我进书院，而只要我能进入书院的大门，就有机会接近我的媳妇和岳父，到时候怎么做，就全看我的随机应变了。

本来这个先生相貌猥琐，是我最不喜欢的一个，可见他说得如此笃定，我也不禁动了心，问他该怎么做。他告诉我，他在平安城有关系，可以帮我弄到林学监的荐书，而只要有了荐书，便可以进入书院读书。不过他还告诉我，他对松阳镇的宅子没兴趣，他只要五百两银子，还有把我的侍女小翠带走做小老婆。

五百两银子可以买到五所宅子了，我果然没看错他，此人果然貌如其人，是个贪心不足的人。于是我立即给了他一个窝心踹，义正词严地告诉他，银子再加一百两，其他的没门。而且我要是进不去，不但银子要他吐出来，他也别想再在松阳镇立足。

大概是被我的气势唬住了，他终于答应了我的要求，却要我给他两个月的时间，因为从岭南到平安城一个来回，最快也要两个月。

于是，两个月后，他终于搞到了林学监的荐书，一封盖着林学监鲜红私章的推荐信。

这倒让我对他刮目相看起来，更怀疑他同林学监是不是有什么不可告人的关系。不过，我已经让家丁们做好了万一进不去书院，就打断他双腿的准备！

虽然有荐书在手，可我的希望也不能全押在这一张薄薄的纸上，咱的最终目的不是要进入书院抱得美人归吗？所以，我在山下等了好几天，终于等到有人上山了，不过可惜，第一个上山的人速度太快，我骑着马竟然都追不上他，等到了山门口，他早就进了山门。于是为了稳妥起见，我只能暂时放弃，想等着第二天再有人来的时候再上山，因为总不会个个上山都比马快吧！

大概是老天保佑，我刚下了山，便看到一队人马从岔路上赶过来，而且在山下停下来，竟然也要去书院。我不禁大喜，本想先他们一步上山，却不想他们竟然分成两拨，我便只好跟着骑着第一匹马的两个人先行上去。

不过，虽然这两个人先上去了，可他们似乎还要等后面的人，我便只好再装模作样地同那个"黑脸"吵了一架拖延时间。所幸这次还算顺利，我终于借着他们的光，顺利进了书院，也总算是见到了我从未谋过面的岳父大人！

岳父大人见到我也是一副"黑脸"，但是他比那"黑脸"会做人，同意让我先以学生的身份留下来，不过我得通过入门的考校才行。

这让我只想骂娘……什么考校，我都打听过了，这所书院从未有过这种考校，这就是专为我设置的障碍。虽然同我一起进入书院的那些人也要一起考校，可是很明显，这种考校对他们来说根本就是小菜一碟。

于是乎，在没有小厮帮忙，在没有先生放水，没有碧螺春提神的情况下，我真是使出"拼命三郎"的劲头看了整整一夜的书，看得那叫一个头昏脑涨。

结果，我竟然真的过了！

这个时候，我是真的感谢我那个追了我三条街的老爹，若不是他从小就"鞭"策我学习，我今日肯定考不到四分，若不是他从小就带着我打猎，我也不会射术考到五分，我还要感谢我娘，众小厮……总之，感谢所有曾经帮助过我、"鞭"策过我的人！

接下来的日子，即便煎熬，却也充满希望，纵然听先生上课的时候，就像是有几百只苍蝇在我耳边嗡嗡叫，可是一想到我未来的媳妇，我的浑身就充满力量。本着继续将杨家的家风发扬光大的目标，我一定要坚持到我未来媳妇和岳父大人认可之后才能离开，不然的话，我又如何对得起列祖列宗，对得起那个为我呕心沥血的爹？

即便身为纨绔子弟，也绝不能随波逐流，要有自己的坚持！

不过，在书院待了一阵子之后，我发现这里还真是一个有趣的地方，有很多有趣的人，比如形影不离的江兄和蓝公子，独来独往的段公子，长得像女人一样秀气的宋表兄，以及在所有人面前都趾高气扬，在江兄面前却分外听话的蒙小弟。尤其是蓝公子，竟然同我非常合拍，实在是我长这么大难得遇到的知己。

当然，书院中也同样有讨厌的人，比如那个"黑脸"，就无时无刻不在想着找我的麻烦，不过可惜，他用的招数我早就玩过不屑使用了，甚至我还参加了六艺大赛，获得了参加诗会的名额。虽然他在人前趾高气扬的，可我知道，那会儿他一定把鼻子都气歪了。

但是，再聪明睿智的人也有打盹的时候，这不就是在那场诗会上，我差点儿就成了陷害岳父大人的黑手，还险些被怀疑是杀人凶手。我虽是纨绔，可伤天害理的事情绝对不会做，更不要说杀人放火了。

所以，我定要查出是谁在陷害我，谁是幕后真凶，即便蓝公子对我一百个放心，我也不能坐视他人往我头上泼脏水。而且，听蓝兄说，竟然有人曾将我推进水里，意欲谋害我！

这还了得，我一定要亲手抓住那个想要害我的人！

不过，江兄他们不知道的是，他同宋表兄在鹿角潭旁吵架的事情，小厮都已经告诉我了，于是，我终于知道了他们的身份，竟然是岭南王的世子和大安朝的端和公主。也难怪岳父大人要让宋表兄和蒙小弟住独院了,他们的身份果然非同凡响。幸亏之前我看他们一个个有趣可交,同他们颇为亲近,没有得罪他们。

所以,作为一个纨绔子弟,运气和看人的眼光也绝不能少!

呃,你们问我,我的岳父大人和未来媳妇是不是已经凭我的运气和眼光搞定了?

我娘说,做人要认真,所以我做纨绔做得就非常认真。我想,我的岳父大人也一定喜欢认真的人。更何况,我现在想要抓的可是陷害他的凶手呢!

因此,只要这个凶手被我亲手抓住,一定可以在鹿儿眼中加分,也许就能顺利抱得美人归,为我们杨家光宗耀祖了!

所以,就等我的好消息吧!